時を飛ぶ

杉山 実
Sugiyama Minoru

ブックウェイ

あらすじ

二〇二二年、七十歳の蓬莱恭一はコロナ感染で家族に看取られることなく、最期を迎えていた。しかしその瞬間、恭一は中学一年生の時にタイムスリップしてしまう。彼は組み立て体操の練習中にてっぺんから落ち、意識不明のまま病院に搬送され、一日間も意識を取り戻せなかった時の体験を再び味わうことになった。

恭一が戻ったのは一九六三年の秋で、彼の記憶は二〇二二年のままだった。そこには懐かしい顔、顔、顔が現れ、恭一は自分の人生を思い出す奇妙な旅を始めることになった。

時を飛ぶ

作　杉山　実

時を飛ぶ　◎目次

一話

二〇二二年九月、蓬莱恭一は春から自宅近所の君島総合病院に入院していた。

既に入院から四か月が経過しているが、病状は改善せずに家族には「お爺さんはもう助からないと思われます！」と連絡が届いていた。

だが家族は一度も面会が出来ず、「亡くなられたら直接斎場の方に送られて遺骨で自宅に戻られますので覚悟して下さい！」と通達されている。

恭一は今年七十歳で古希の祝いと同時にコロナに感染して入院になったのだ。

友人達に招かれて馴染の居酒屋での祝いの会後、コロナに感染して君島総合病院に入院した。一進一退の病状だったが、いよいよ末期の症状になった。

恭一は、家族の誰にも会えず静かに命の終わりを迎え様としていた。

家族と言っても妻の万里子は七歳も年下だったが、既に亡くなって随分月日が経過していた。

二人の子供と孫が三人居る。

長男英治夫婦の家が横にあるので同居に近いが寂しい日々には違いなかった。

何処から聞こえるのか？「恭一！」「恭一！　大丈夫！」恭一の父恭介と母美代の声が殆ど同時に遠くから聞こえる。

お迎えが来たのだな？　親父！　お袋！　迎えに来てくれたのか？　天国って本当にあるのだね！

お爺さんは？　お爺さんもいるのか？　お婆さんも？

「恭ちゃん！　お爺さんも来たよ！」

お爺さんの長吉の声も聞こえるので、家族全員が迎えに来てくれたと思った。

「お兄ちゃん！　大丈夫？」

昭二の声が聞こえる。迎えに来てくれたのか？

「恭一兄ちゃん！　死なないで！」

嘘だろう？　妹の真奈美の声が聞こえたけれど、真奈美も死んだのか？

「まなーーーーー」恭一の大きな声が病室に響いた。

「あっ、意識が戻ったぞ！　先生を呼んで来い！」叫ぶ恭介の声。

「恭一！　良かったわ！　助かったのね！」今度は母の美代の声が聞こえて、ゆっくり目を開く恭一。覗き込む様に見る顔、顔、顔、それは懐かしい父、母、祖父、弟の昭二、妹の真奈美の顔だった。

「大丈夫？　組み立て体操で落下して病院に担ぎ込まれたのだよ！」父が教える様に話した。

「丸一日眠っていたのよ！」母の美代が嬉しそうな顔で自分を見つめている。

「コロナで死に掛けていたのに……」呟く恭一の声を聞いた真由美が「お兄ちゃん頭を打って変な事喋っている！」と恭一を覗き込みながら言った。

そこへ医者が駆け込んで来ると「意識が戻ったそうですね！」と言った。

「でも少し変なのです！　コロナで死に掛けたって言うのです！」と恭介が説明した。

「なるほど！　組み立て体操の練習中に太陽の光が眩しくなってバランスを崩して落ちたって意味でしょう！」医師がコロナの意味を説明した。

「ここは何処ですか？」

「君島病院だよ！」

「綺麗な病院⁈」二〇二二年の君島総合病院だと思っている恭一。

「一日意識が無かったので、記憶が戻らない様ですね！　でももう大丈夫ですよ！　脳にも異常が無かったので意識さえ戻ればもう大丈夫です！　食事が出来れば退院出来ますよ！」医師の言葉に病室の全員が喜んで笑い始めた。

「みんなで東京オリンピックを見に行けるぞ！　良かったな！」恭介が嬉しそうに言った。

「東京オリンピックって、去年終わったじゃないか？」ぼそっと言う恭一。

「お兄ちゃん！　オリンピックは来年だよ！　一日寝ていたら頭変になったの？」

その時恭一は弟の昭二が小さくて、妹の真奈美も小学生だと気付いた。

父も母も若い！　既にこの病室にいる四人は既に死んでいる筈だ。

「真奈美今何年生だ？」

「お兄ちゃん頭を打っておかしくなったの？　六年生よ！」

「昭二は何年生？」

「四年生だよ！　またお兄ちゃんと遊べるから嬉しい！」

妹はひとつ違いであっているな、昭二は三歳違うからこれも正解だが？　夢か？　コロナで高熱になったからか？

「お腹空いただろう？」父の恭介が笑顔で言った。

遠い昔、組み立て体操で東京タワーの上から落ちて病院に運ばれた記憶が蘇った。

中学一年生の時、秋の運動会の練習で来年に迫ったオリンピックの東京タワーの練習中の事故を思い出した。

「今何年なの？」

「昭和三十八年よ！」美代が答えると、恭介が「一九六三年だ！　何言っているのだ！」と怪訝な顔で言った。

「アメリカの大統領は？」

「ケネディ！」

「頭が呆けて無いか質問しているの？」

「暗殺はまだか？」大人の喋り方になっている。

恭一は自分の記憶を辿って、一九六三年で覚えている事を尋ねたのだ。

「暗殺？　誰が？」

「ケネディ大統領が暗殺されるのだよ！」

「誰に？」

「確かオズワルドだったかな？」

「それ誰だ！　恭一は頭を打って変になってしまったのか？」心配そうな恭介。

「今何月？」

「九月よ！　二十八日！」

「ケネディ大統領は十一月にダラスで狙撃されて亡くなるよ！　それから力道山も十二月に刺殺される！」

「えーーーーーーーーー」一斉に病室の家族全員が大きな声を発した。

医者も驚いた顔をして「打ち所が悪かったのかな？」と改めてレントゲンの写真を見る。

「もの凄く強い力道山が遣られる筈無いよ！　お兄ちゃん！　お婆ちゃんに話したら叱られるよ！　大好きなのだから！」弟の昭二が半分泣き顔で言った。

「お祖母さん！」叫ぶ様に言う恭一。

祖父の長吉が「具合が悪いから今日は家で寝ているよ！　直ぐに家に電話をして来るから、とは言っても近所のお店に伝言だがな！」と笑顔で言った。

恭一は今の自分が何故ここにいるのかがまだ理解出来なかった。

二話

祖母のりくは最近心臓の具合が悪く、立ち眩みが有って今日も恭一のお見舞いには来ていなかった。

「おばあちゃん！　心臓が悪くて来年……」と言いかけて口を閉ざした恭一。

「まあ、気が付いて良かったですね！　直ぐに退院の手続きを行いますね！」担当の君島太郎はそう言って病室を出て行った。

君島太郎は婦長で妻の明子に小声で「打ち所が悪かったかも知れない！　早く退院させて専門病院に行って貰った方が良いぞ！」と伝えた。

そこに親父で院長の喜三郎がやって来て「あの子意識が戻った様だな！」と笑顔で尋ねた。

「それが少し変なのですよ！」

「何か身体に異常でも？」

「いや、それは無いのですが？　うちは外科と整形ですから専門の脳神経外科とかに受診に行って貰おうかと思っているのです！」

「どの様に変なのだ！」

「まあ笑う様な話ですがね！　アメリカの大統領のケネディが暗殺されるって言うのですよ！」

「いつ？」

「十一月です！　犯人はオズワルドって……変でしょう？　それから力道山も殺されるって言うのですよ！」

「ははは！　それは面白い話だな！　アメリカの大統領と日本の英雄がどちらも殺されるのか？　それはいつだ！」

「十一月がケネディで十二月に力道山が殺されるって話しましたよ！」

「悪い冗談だろう？　今夜も近所の人が自宅に見に来るのだぞ！」

「お父さんの家はカラーでしたね！　我が家も今年中にはカラーにしたいと思っています！　プロレスはカラーで見たら迫力が違いますよね！」

二人はプロレスの話に変わって、今夜の試合予想をしていた。

そして「まあ、身体に異常が無いから退院で良いだろう！」と決めた。


「歩けるよな！　恭一！」病室では家族がパジャマから普段着に着替えさせてベッドから恭一の身体を降ろした。

「大丈夫だよ！　十二歳の身体は軽いな！」と口走った。

「忘れ物は無いな！」

「お母さんは？」

「支払いに行ったから、もう直ぐ戻る！　みんなで歩いて帰ろう！」

「えっ、歩くの？　車は？」

「タクシーか？　その様な贅沢な物を使えるか！　これだけの人数なら二台必要だろう、贅沢は出来ない！」

「………」確かこの病院から自宅まで歩くと一時間近くかかると思い出した恭一。

君島病院は外科と整形だけだったが、内科も出来て今の総合病院になったと記憶を蘇らせていた。先程診察してくれたのは？　誰だ？　前の院長は数年前に亡くなったから？　恭一は現実と過去が混同して訳が判らない。

しばらくして恭一は君島病院の若先生と奥さんに見送られて「ありがとうございました！」と両親が挨拶する横で小さく頭を下げていた。

「あっ、そうだ！　来年のオリンピックのマラソンの優勝はアベベだよ！　そして二位に円谷幸吉さんが、いや最後のトラックで抜かれて三位になるよ！」恭一が突然思い出して言った。

「アベベってローマを裸足で走ったアフリカの人だよね！　じゃあ連覇だな！　恭一君は未来が判るのか？」半分馬鹿にした様に尋ねる君島太郎医師。そして父の恭介に「続く様なら一度脳神経科で診て貰って下さい！」と耳打ちした。

真奈美が「お兄ちゃん！　急に占い師になっちゃったね！　私は将来お嫁さんになれる？」と恭一に尋ねた。

「うん！　泉って薬屋の息子と結婚する！」

「えー薬屋なの？　私薬嫌いよ！」

「兄ちゃん！　僕は？　僕も教えて！」

そこに母美代が割り込んで「駄目よ！　誰も未来の事は判らないのよ！　恭一！　変な事喋らないでね！　特に学校とか大勢の人にはね！」と注意した。

「うん！」母に叱られて黙る恭一だが目の前には六十年前の光景が蘇って懐かしく感じた。

自分が過去に戻ったのか、それとも夢を見ているのか？　どちらが現実なのか？　自分でも判らない。


自宅に帰って直ぐにテレビのチャンネルを回す弟昭二。祖母のりくが布団から起きて来て
「恭一！　大丈夫だったのかい！　心配したよ！」

そこには懐かしい祖母の顔があった。来年亡くなると思うと思わず恭一はりくの身体を抱き抱えて涙を溢した。

「おばあちゃん！　心配させてごめんなさい！」

その様子を見た恭介が「どうした？　泣き出して、いつも喧嘩するのに今日は変だな！」と驚いて言った。恭一は悪戯をして祖母に叱られると、家の中を素早く逃げ回り、それをりくが追いかける光景が何度もあった。りくは心臓が悪くて亡くなったのを知っている恭一は、自分が祖母の命を早めたと思った。

「お婆さん！　僕悪い事したよね！」

「どうしたの？　恭一らしくないね～」

「あっ、そうだ！　お婆ちゃん！　兄ちゃんがね！　力道山が刺されて死ぬって言うのよ！」

「えっ、恭一縁起でもない事を！　スーパーマンの力道山が刺殺される？　冗談はお止め！　ビール瓶で叩かれても不死身で、血だらけで戦っても空手チョップで一撃よ！」急に力を入れて言うりく。

「こら、真奈美変な事をお婆さんに言うな！　心臓に悪いだろう！」

「そうよ！　真奈美！　恭一の嘘話を言ったら駄目だよ！」

恭介にも叱られた真奈美は複雑な気持ちになって自分の部屋に駆け上がった。二階に子供三人の勉強部屋と寝室が一昨年増築されたのだ。あっ、そうだったな！　二階に勉強部屋があったな！　急に思い出した恭一は真奈美の後を追いかける様に二階に向かった。自分の部屋に入ると懐かしい昔が蘇る恭一。そこに真奈美がやって来て「何故？　嘘を？」そう言って尋ねる。

「お婆さんの身体に悪いからな！　真奈美と俺の秘密にしよう！　これから色々な事を教えてやるけど、二人の秘密に出来るか？」その言葉に頷く真奈美は恭一が話す事がもの凄く新鮮で本当の様に聞こえた。

三話

「約束破ったら、お爺ちゃんに貰ったこのお札を兄ちゃんあげるわ！」真奈美が自分の勉強机の引き出しから聖徳太子の千円札を見せて言った。

「おおー珍しいな！」

「お兄ちゃんも貰ったでしょう？　何処に隠したの？」

恭一は二〇二二年の記憶は有るが、一九六三年の記憶は殆ど無いので急には判らない。

「お婆さんは相撲とプロレスが大好きだったな！」

「何を言っているの？　今相撲が始まった時間よ！　テレビに釘付けよ！」

「白黒だよな！」

「当たり前でしょう？　カラーテレビなんて、この村でも一軒だけよ！　電器屋の松沢さんだけ！」

「じゃあ、懐かしい大鵬の相撲でも見て来るか？」

「えーお兄ちゃんが相撲見るの？　頭を打って変になったのね！」

大鵬は強くて全盛期の始まりを思い出していた。

茶の間で白黒の小さなテレビの前で真剣な表情で相撲を見ている祖母のりく。身体を動かして力士の動きに合わせて身体を動かしている。

「お婆さん！　そんなに一生懸命見たら疲れて身体に悪いよ！」

「相撲は真剣に見るものよ！」

「お婆さん！　今幾つなの？」

「七十一歳だよ！　どうしたの？　急に歳を聞いて？」

「俺と殆ど変わらないのか？」小さく呟く様に言う恭一。

「あっ、負けた！」身を乗り出して小さなテレビの画面を見て残念そうに言うりく。

「次は大鵬が出て来るのだね！」

「大鵬は若くて強すぎるから、もうひとつ好きになれないわね！」

「プロレスの力道山も同じ様に強いけれど、好きなの？」

「力道山は大きな外国人を空手チョップで痛めつけるから大好きだよ！　アメリカ人を蹴散らすからね！」

　アメリカに戦争で負けて、りく婆ちゃんの長男は戦死したのだから当然憎いだろうと思った。亡くなった長男は、恭介父さんの兄貴だが、随分歳は離れている。六人兄弟で長男の次は全て女で、恭介父さんの下に一人妹がいる。父さんが戦死した兄と遊んだ記憶は少ないと昔聞いた事がある。

しばらくして大鵬が豪快に投げ飛ばすと「強いね！」一言だけ言うと、相撲が終わるまでテレビの前を離れないりく。こんなに小さくて観難いテレビを見ていると疲れるだろうと思った。

やがて全ての取り組みが終わると「しばらく横になるよ！」そう言って奥の座敷に歩いて行った。相撲は楽しみにしているから見るが、心臓の具合が良くないので疲れるのだろうと思う。後一年以内で亡くなると思うと後ろ姿が寂しく見える。

それより、自分はこれからどうなるのだろう？　二〇二二年までの記憶がある。ただ目の前の現実は一九六三年に変わっている。大きな事件以外は殆ど覚えていないが、もしも十一月ケネディ大統領が暗殺されたら自分の記憶は正しくてタイムスリップした事が実証される。


しばらくすると台所から良い匂いがしてきて恭一の食欲を誘った。昨日から殆ど食べていないので、急に空腹を覚える。

「また、南京なの？」妹の真奈美の大きな声が台所から聞こえる。

しばらくして鯖の煮付け、胡瓜と蛸の味噌和え、南京の煮付けが食卓に並ぶ。

「恭一！　無理して食べなくても良いからね！　でも少しは食べるのよ！」

「昭二は？」

「お爺さんを迎えに行ったわ！」

「病院から一緒に帰って来ただろう？」

「いつもの場所よ！」

そう言われても直ぐには判らない恭一。遠い記憶を呼び起こそうとするが中々細かい事は忘れている。病院からの帰り道は、懐かしい家並み、そして街路樹が蘇って嬉しい気分だった。二〇二二年では街路樹も無くなり、古い家も建て直されて全く景色が変わっているからだ。

一九六三年の記憶は殆ど無く、何か頼まれても直ぐには判らない様な気がしていた。でも身体はもの凄く軽い、先日までの重苦しい気分は無くなり爽快な気分で空気も美味しく感じる。

しばらくして祖父が戻って来ると「恭一が無事退院したので今夜の焼酎は美味いぞ！」そう言って嬉しそうに微笑みながら食卓を囲んだ。恭一も「美味い！　これだ！」思わず口に出してしまった。

「えっ、胡瓜と蛸の味噌和えがそんなに美味しいのかい？」祖母のりくが思わず恭一の顔を覗き込んで言った。

「うん！　この味なつか……」と言って言葉を飲み込む恭一。

「お兄ちゃん頭を打って少し変になったのよ！」妹の真奈美が言った。

「お婆さん！　ケネディ大統領が射殺されるとか、りき……」美代も力道山と言いかけて言葉を飲み込んだ。

「面白い話だね！　恭一は占い師になるのかい？　まあ当たるも八卦だわね！　本当にアメリカの大統領が亡くなったら戦争に勝った気分になるね！」りくは嬉しそうに聞いている。子供が戦争でアメリカ軍に殺された恨みが今でも心の奥に潜んで、時々鎌首を持ち上げているのだろう？　我が子を失った悲しみは自分が死ぬまで消える事が無いのだと思う恭一。


長吉爺さんが急に話題を変える様に「綺麗なお月さんが出ていたぞ！　満月だな！」と言った。

「本当よ！　綺麗なお月さまだったわ！」真奈美も同じ様に言う。

「あっ、そうだ！　もう直ぐね！　月に人間が行くのだよ！　一九六九年だったかな？」

「恭一！　やっぱり頭を打った後遺症だな？」恭介が心配そうに言う。

「本当だよ！　アポロ十一号が月面に着陸して、テレビに映るのだよ！」

「大抵の話は判るが、月に人間が行くって話は信じられないわよ！」りくも呆れた顔で言う。

「あの様な遠い処に飛行機が飛んで行ける筈が無いぞ！　誰に吹き込まれたか知らないが、それはアメリカの陰謀だ！　間違い無い！　恭一！　家の中だけなら笑って済ませられるが、外で絶対に喋っては駄目だ！　アメリカのスパイに連れて行かれるぞ！　お月さまには兎が住んでいるので良いのだよ！」長吉が恭一話をたたみこんだ。一九六三年の秋に戻ってしまった恭一は明日から学校に行くけれど、どの様に同級生に接したら良いのか？　殆ど顔も覚えていない！　担任の先生は誰だった？　一生懸命思い出そうとしていた。

四話

爺ちゃんには信じられない話だろうな？　あの月に人間が降り立つって事！　二階の窓から満月を眺めながら「昔の月の方が綺麗だな！　汚れてしまったのか？」独り言を言うと「何が汚いの？」真奈美が近寄って来て尋ねた。

「真奈美の部屋は下だろう？」

祖母のりくの横で寝ている真奈美だが、恭一の一連の話に興味津々でもう少し何か聞きたいと思ってやって来たのだ。

「お兄ちゃん！　私の旦那さんの事もう少し聞かせて！」

真奈美は自分の結婚相手が気になる様で、小学生の女の子でも大きな問題なのだろうと思った。

「口から出まかせの話だから、気にするな！　僕が真奈美の旦那さんを知っている筈無いよ！」必死に誤魔化そうとする恭一。

「嘘？　泉って薬屋の息子と結婚するって言ったわ！　誰にも言わないから教えてよ！　泉って薬屋何処かで見た様な気がするわ！」

「何処かにはあるだろう？」惚ける恭一だが、一度聞いてしまった結婚相手を簡単に忘れられない真奈美。


恭一はその日の夜、目が冴えて中々眠る事が出来ない。明日学校で誰に会うのだろう？　中学一年生の時の同級生って誰だ？　先生は嫌いだった英語の先生？　違うな⁉　美術の先生だ！　名前は？　竹ノ内って先生だったな！　額が大きい髪の長い？　記憶を蘇らせる。

ふと、脳裏に妻の麻里子の顔が蘇った恭一は「麻里子は五歳か？」と呟いた。


恭一の妻の麻里子は恭一が退職の日に交通事故で亡くなっていた。「お仕事お疲れさまでした！」その声が今も耳の中に残っている。

退職の日に二人で高級懐石料理を食べに行く約束を以前からしていた。恭一は会社から直接料理屋へ行き、麻理子は恭一へのプレゼントと花束を買う為にデパートに寄ってからそこに向かうことにしていた。

　スクランブル交差点で、暴走車両が信号を無視して歩行者を数名はね倒し、最後に信号機に激突して止まった。その数名の中に麻理子が含まれていたのだ。運転手を含む三人が死亡、五人が重軽傷の痛ましい事故だった。料理屋に向かった恭一が事故のことを知ったのは、駅を降りて数分後だった。携帯電話が鳴り響き、携帯の向こうから警察官の声が「蓬莱さんですよね！奥様の麻里子さんが交通事故で亡くなられました……」

　その後の言葉は何も聞こえなかった恭一。子供も結婚して、これから二人で海外旅行でも行こうと話していた矢先の事故だった。麻里子は五十二歳で亡くなったのだ。麻里子とは見合い結婚して、翌年長男英治が生まれて、二年後次男恭二が生まれた。二人の生活も恭一の退職と同時に三十年で終わってしまった。恭一の単身赴任が三年あったので実質二人の生活は二十七年である。

　突然の別れは当時、恭一にも家族にも衝撃だった。親戚の叔母さんの紹介で見合いをした時、既に三十歳を超えていた恭一。麻里子は二十二歳だと聞かされ、そんなに若い女の人には断られるよ！　と言いながら見合いをした。一目で気に入った恭一はダメ元で付き合いたいと、叔母さんに申し出た。

叔母さんは笑いながら「まあ、難しいと思うけれど伝えるわ！」そう言って笑った。麻里子は初めての見合いで、要領が判らず叔母の言うもう一度会いたい！　の言葉に乗ってしまったと、結婚後話したが？　恭一は既に見合いは十回程度していたので慣れていたのが良かった様だと思っている。比較的早く二人の息子も続けて結婚したので、六十歳までにお爺さんになった恭一。

「ありがとう！　を言い忘れたな！　本当に麻里子はこの世にいるのだろうか？」一層眠れなくなる恭一。

本当に六十年程前の世界にタイムスリップしたのだろうか？　昔の自分の身体の中に入っているのかな？　夢を見ているのだろう？　コロナの熱で頭が変になっているだけだ！　明日になったら天国か、地獄か？　そう考えているうちにいつの間にか眠っていた。

「お兄ちゃん！　早く起きて！　遅刻するわよ！」大きな声で真奈美が襖を開けて入って来た。

「夢では……？」

「寝惚けているの？　今日は金曜日よ！　明日は昼で帰れるでしょう？」

「土曜日は休みだろう？」

「馬鹿なの？　給食が無いだけよ！　お兄ちゃんは弁当だけどね！　早く！　お母さんが急いでって！　一緒に学校に行くって！」

母美代は、事故の後だから恭一に同伴して学校に行き、担任に恭一の様子を話しに行くと決めていた。


中学校まで約四十分の道のりで母の美代と歩く恭一は全く別の事を考えていた。

「お父さんの一番下の妹って、奥田さんだよね！」

「そうよ！　昔家の仕事が忙しいから子供をお婆さんに預けていたでしょう？　恭一もよく遊んだでしょう？」

「どうしたの？　急に奥田の叔母さんの事を聞いて？」

「親戚か知り合いに村本さんって人いる？」

「村本？　聞いた事ないわね！」

麻里子との見合い話を持って来たのは奥田の叔母さんで、麻理子の旧姓は村本だった。

結婚した時は隣町に家族と住んでいたのだが、でも麻里子は子供の頃は大阪の方に住んでいたと言っていた。じゃあ、全く知らない人なのだろうか？　恭一は自分が今の世界にいる間に、妻の麻里子に一度会いたいと思った。自分の退職の日に突然消えてしまった妻に、一言ありがとうと言いたいと思い始めていた。でも今会えば五歳の女の子、そして自分は十二歳だ！　会っても何も意味が無いかも知れない。もしも遠い将来自分と結婚するのなら、今の自分が消えても伝えられるのでは？　そんな幻想的な事を考えている恭一だった。

五話

学校に着くと担任と教頭先生が二人を出迎えて、職員室横の応接室に案内した。二人は事故の事を謝って、恭一に身体の具合を執拗に尋ねた。その時、恭一は竹ノ内先生の事を思い出して「先生！　肺の病気には気を付けて下さいね！」と急に言い始めた。それは恭一が中学を卒業してしばらくして、竹ノ内先生は肺癌で入院したからだった。

「すみません！　恭一が変な事を言いまして！」平謝りの母だった。

「いやー私も愛煙家ですから、気にはしていますよ！　ありがとう恭一君！」と顔では笑っていたが変な事を言うと心では怒っていた。

「事故から目覚めてから変な事を口走るので、今後とも気を付けて見ていて下さい！」

「例えばどの様な事を？」教頭が尋ねた。

「十一月にアメリカのケネディ大統領がオズワルドとか云う男に暗殺されるって言うのです！」

「えーーアメリカの大統領が暗殺されるのか？　何処でだ！」驚きながら尋ねる教頭。

「ダラス！」ぼそっと答える恭一。

「確かにアメリカの地名だな！　良く知っているな！　地理が得意なのか？」

「他にはどの様な事ですか？」

「笑う様な話ですが、力道山が刺殺されるって言うのですよ！」

「ははは、それは面白いな！　ビール瓶で叩かれてもびくともしないのに、刺殺されるのか？」

「本当に面白い話だな！」

「もしかして人間が月に行くとでも話しましたか？」教頭がからかう様に言うと母が頷きながら「はい！」と答えた。

一瞬応接室の空気が凍る様な静けさに変わっていた。その時、恭一は迂闊な事を喋ると大変な事に成ると思っていた。約六十年前には想像も出来ない世界を生きて来た事を改めて感じていた。

今はパソコンも無ければ、歴史の本に記載されている訳でもない。知っているのは自分の記憶にある事だけで、忘れてしまった出来事はもの凄く多いと思う。一番新しい大きな出来事は覚えているが、今の時代には何も関係が無い事だ。

教室に行くと友達が口々に「大丈夫か？」と尋ねる。「まあ、大丈夫だ！」と答えるが覚えている顔が殆ど無い。隣の席の辰巳紀代子が「何か少し変わった気がするわ！」と小声で言う。「何も変わって無いよ！　君は高校の物理の先生のお嬢さんで、校門を右に曲がった三軒目の家だろう？」急に思い出した記憶を頼りに言うと「あっ、そうよ！　大丈夫の様ね！　じゃあ、あの女の子は？　蓬莱君の事好きって言っていた女の子！」右の後ろの女の子を指さした。

「えーと、藤井洋子か？」

「違うでしょう？　藤井さんは蓬莱君の二つ後ろよ！　やっぱり変よ！」

恭一は記憶を手繰り寄せるが中々名前を思い出せない。考え込むと「ほら、わから……」と言った時、一時間目の国語の授業が始まって先生が教室に入って来た。

中学の教科書を見るのはいつ以来だろう？　二階の押し入れにはボロボロになった教科書が今も残っていた様な気がする。恭一は昔から古い物を殆ど捨てる事が無かった。

昔の漫画本、プラモデル、そして教科書もそのまま置いてある。一度妻の麻里子が廃品回収に出そうとした時、恭一は怒って押し入れにしまい込んだ。そして今もそのまま残されているだろう？　麻里子が亡くなって整理する人もいなくなったからだ。息子夫婦は盆とか彼岸に仏壇にお参りに来る程度で、掃除も恭一は麻里子が亡くなってから時々自分でしていた。

その時「蓬莱君！　五十ページの最初から読んで貰えるかな？」と国語教師の声が遠くで聞こえた。

「蓬莱君！」「蓬莱君！　本を読んで！　五十ページ！」辰巳の声が聞こえて慌ててページを開く恭一。急に言われたが見慣れた有名な小説の一部だったので、すらすらと読み教師が驚く。

「これは驚いた！　先週は判らない漢字があると言っていたのに、今日は素晴らしいな！」

これが授業の始まりで国語、社会、英語、算数、ホームルームと今日の授業は行われる。

恭一には遠い昔の勉強で、比較的簡単に判る。昔は英語が非常に嫌いで、そのひと科目の影響で高校受験に苦労した事を思い出していた。祖母のりくのアメリカ嫌いが影響していたのだと恭一は大学生になって判った。初孫で祖父母は大喜びで恭一を可愛がったが、思わぬ影響が残っていたのも事実だ。辰巳さんが教えてくれた女の子は今井玲子さんだったが、もう殆ど好きだった記憶も薄れていた。

無事に初日の学校を終わったが、土曜日も授業があるのに驚く。体育、道徳、音楽の三教科、身体が非常に軽いのに改めて驚く恭一。先日まで階段の上り下りだけでも疲れていたのに、運動場を走り回れる元気に感動する。

午後帰宅すると恭一は奥田の叔母さんに会いに行く事にした。日曜日には麻里子の実家の場所にも行く事にしていた。現在なら車に乗ると数十分で着くが、昭和三十八年は車も殆ど持っていない家が多かった。自転車で一時間以上掛かるが、恭一は学校から帰ると子供用の自転車に乗って隣町に向かった。奥田の叔母さんは鉄工所を経営している。

りく婆ちゃん曰く子供達の中で一番裕福な家に嫁がせる為に、色々苦労をしたと話していた。事実五人の兄弟で他の四人は農業、サラリーマンで、商売をしているのは奥田の叔母さんの家だけだ。

羽振りが良いのか、正月のお年玉も沢山貰った記憶が残っていた。人の運命は判らないものだ。農家に嫁いだ親父のお姉さんが今では一番のお金持ちで、鉄工所は廃業して老人ホーム暮らしが現実だ。でも存命は一人だけ今でも健在なのは奥田の叔母さんだけだ。他の五人は既に亡くなっている。

未来の事は別にして、恭一は妻麻里子を紹介してくれた奥田の叔母さんの鉄工所に向かった。

「こんなに大きな工場だったのだな！　車も駐車場に二台も！」驚いて見ていると「恭ちゃん！どうしたの？」政子叔母さんが恭一を見つけて声を掛けた。

六話

「叔母さんに聞きたい事が有って来ました！」

「えー、改まって何を聞きたいの？　それより頭大丈夫なの？　お婆さんが心配して連絡して来たわよ！」

「大丈夫です！　ほら？」飛び跳ねる恭一。

「元気だわね！　何が聞きたいの？　おやつあるから上に上がって食べなさい！」

　政子は恭一が生まれた時から遊んでいたので、愛着があるのか恭一を殊の外気にかけてくれる。自分が結婚で家を出る時泣きながら見送ってくれたと言うが、恭一には叔母さんの綺麗な花嫁姿の記憶だけが残っていた。十年前の事だから、恭一の記憶に残っているのが不思議な程だが、今の年齢になっても覚えている光景だった。

「叔母さんの知り合いで村本さんって人いませんか？」

「村本さん？　女の人？　男の人？」

「五歳位の女の子がいると思うのだけど……」

「五歳の女の子がいるなら、私と歳は変わらないわね！　でも……」考え込みながら煎餅の袋を戸棚から出して来る。

「大阪の人かも知れない？」

「大阪の村本さん？　それなら全く判らないわ！　私の友達で大阪に嫁いだ女の子はいるけれど、村本さんでは無いわね！　ごめんね！　思い当たる人いないわ！」

「思い出したら必ず連絡して下さい！　僕には大変重要な事なのでよろしくお願いします！」そう言って深々とお辞儀をした恭一。

それを見て「恭ちゃん、まるでお年寄りの様な挨拶ね！　驚いたわ！　思い出すか判らないけど気に留めておくわ！」

煎餅も食べずに再び自転車に乗って走り去る。

「どうしたのだ？　今の蓬莱の恭ちゃんだろう？」夫の太一が恭一の後ろ姿を見送りながら言った。

「それが変なのよ！　村本って人知りませんか？　って尋ねに来たのよ！　先日頭を打って変だとお姉さんが話していたけれど、変よね！　村本って知らないから……」

「村本って、年寄りのお爺さんの家なら知っているが、違うだろう？」

「どんな人？」

「一人暮らしで、先日病気して入院したよ！」

「その人は関係無いわね！　それから恭ちゃんアメリカの大統領が狙撃されて死ぬって言ったらしいわ！」

「怖い予言だな！　頭を打って少し変になったかな？」笑みを漏らしながら言った。

翌日恭一は麻里子の実家の場所まで一時間以上を要して自転車で行ったが、農作業のお爺さんがいただけで何も住居の様な物は無かった。ここが建売住宅地になって麻里子の家族が越して来たと思う恭一は、落胆の表情で自転車を漕いで自宅に帰って行った。

二か月後、恭一が言ったケネディ暗殺事件が世界中に流れて、恭一の話を聞いていた人々は鳥肌が立った。勿論、蓬莱の家では恭一の話を本気で聞いていなかったので、仰天の出来事に一同青ざめて「それでは力道山も？」と声を揃えて言った。

「恭一！　お前何故この様な事が判ったのだ！」恭介が驚きながら恐る恐る尋ねる。

咄嗟に「意識不明で寝ていた時に夢の中に出て来た！」と言った。

「力道山もか？」

頷く恭介だが、その様な事が本当にあるのか？　とまだ疑っていた。妹の真奈美も益々本気で、将来は泉薬局の奥様を本気で考える。月に人間が行く？　中学の職員室でも恭一の話した事が話題になって、予言の資質が頭を打って備わったのだと言われていた。

「竹ノ内先生にも何か変な事を言いましたよね！」

「肺の病気に気を付けてって言われたな！」

「先生も一度検診された方が良いですよ！」女性の同僚教師に言われて、竹ノ内先生は本気で考え込んだ。

この注意が幸いして、肺がんの初期で発見されて完治する事になる。事実も竹ノ内先生は七十八歳まで生きているので、歴史が変わった訳ではない。もしも力道山が刺殺されたら蓬莱君は預言者だと言う事になると皆が結論付けた。


当の恭一はみんなに少し怖がられて、近寄り難い存在になりつつあった。それは妹の真奈美とお婆さんのりくが口喧嘩をした時「真奈美！　お婆ちゃん心臓が悪くて長くないから大事にしろよ！」と言った事に起因していた。

「お兄ちゃん！　最近お婆ちゃんに優しいと思っていたけれど、それなの？　もしかして？」

「そうだよ！　来年だ！」と言ってしまった。

それからの真奈美はりく婆ちゃんを大事にする様になった。真奈美は恭一に「誰かに喋ったら二度と教えないからな！」と言われて誰にも言わなかった。

この時点で恭一の喋る事を本当に信じ切っていたのは、妹の真奈美だけだった。

「お兄ちゃんの話は全て本当だね！　私は信じるわ！　他にも教えて……」

「今は駄目だ！　時期が来たらまた教えてやる！」

「お婆ちゃん！　本当に死んじゃうの？」

黙って頷く恭一は真奈美にだけは色々な事を教えてやろうと思った。自分がこの世界に何日いるか判らないから、存在した証が欲しいと思っていた。未来が判るって良いのか、悪いのか？

複雑な気分の恭一。


「あっ、鉄腕アトムが始まるよ！　最近兄ちゃん見て無いでしょう？」テレビの前に走って行くと、既に弟の昭二はテレビの前で踊りながら歌っていた。

「昭二！　横に座りなさいよ！　見えないじゃないの！」真奈美が怒る。

小さな十四インチの白黒の画面を食い入る様に見ている二人。りくお婆さんも孫には遠慮してテレビから離れている。八時になると、今度はりくお婆ちゃんの好きな水戸黄門が始まるので楽しみにしている。プロレス、相撲、歌謡曲で演歌、水戸黄門がりくお婆ちゃんの楽しみだ。

残念ながら東京オリンピックを見る事なく亡くなってしまうと、恭一は記憶を蘇らせていた。自分もこの小さな白黒の画面に貼り付いて見ていたのかと思うと、徐々に昔の事を思い出していた。元の世界に戻れないのなら、自分は人生を二度生きる事になるのだろうか？　その様な事を考えながらぼんやりしていると「見上げてごらん夜の星を……」のメロディがテレビから流れていた。鉄腕アトムが終わったので、チャンネルを変えた様だ。

「坂本九だな！　飛行機事故で亡くなるのだよな！」とぽつりと言う恭一。

七話

「えっ、今何て言ったのだ？」

独り言を聞いていたのは父親の恭介で、坂本九が好きでテレビに出ると必ず見ている。

「別に……」と惚けると「飛行機事故で坂本九が亡くなるって言わなかったか？」

「僕も聞いたよ‼　お兄ちゃんがそう言ったよ！」弟の昭二も鉄腕アトムが終わって直ぐだったのでテレビの前にいた。

「ケネディ大統領の狙撃を予言した恭一が、坂本九さんが飛行機事故で亡くなると言ったぞ！」台所の妻美代に伝える。

「えっ、いつなの？　怖い予言はやめて頂戴！」

「大丈夫だよ！　もっともっと年月が過ぎてからだよ！　まだ結婚してないだろう？」

「来年か？　再来年？」

「多分二十年後だよ！」

「えーお前は二十年も先の事が判るのか？　本当に事故で変な能力が宿ったのかも？」

父も恭一の話に驚いている。

「ソ連も無くなる！」

「それは嘘だろう？　去年キューバ危機って言われたのだぞ！」

キューバ危機とは、一九六二年十月から十一月にかけて、ソ連がキューバに核ミサイル基地を建設していることが発覚、アメリカ合衆国がカリブ海でキューバの海上封鎖を実施し、米ソ間の緊張が高まり、核戦争寸前まで達した一連の出来事のこと。

「それより恭一、入院してから言葉使いが妙に大人の様になったよな！　お爺さんと話をしている様だ！」

「何か言ったか？」自分の事を話していると勘違いした爺さんが茶の間入って来て言った。

「違いますよ！　恭一がお爺さんの様な言葉使いになったって話ですよ！」

「そう言われたら、その様な気がするな」

「恭一が二十年先の話をしたので驚いていたのですよ！」

「二十年先？　わしはもう生きて無いだろう？」

「……」沈黙の恭一が「爺ちゃんは長生きだよ！」それだけ言うと居たたまれなくなって自分の部屋に行った。もう直ぐ亡くなる婆ちゃんの事を聞かれたらと思うと耐えられない気持ちになった。多分父も爺ちゃんも次に口から出る言葉は婆ちゃんの事だったからだ。

「聞くのが怖いから、言い出せなかったな」

「本当に頭を打って予知能力が出来たのかも知れないですね」

「ケネディ大統領の狙撃、犯人の名前まで言い当てたから、背筋が凍ったな！」

長吉と恭介は話しながら子供恭一に予知能力が備わったと考えるしか、他の言葉が見つからなかった。


学校でも自宅でも誰も口に出さないが、恭一の言った力道山が刺殺される十二月が怖かったのだ。婆ちゃんにはそれ以後誰も話してはいないが、聞いている人はケネディ大統領の次に力道山が亡くなったらいよいよ本物だと思う。

妹の真奈美は既に恭一の事を一歩引いて見ている。余りにも怖い予言が的中して、自分しか知らないいりくお婆さんの死期とか、坂本九が飛行機の事故で二十年後位に亡くなる話。自分が泉薬局の息子と結婚する話も信じてしまう。恭一兄ちゃんは最近テレビの漫画を見なくなった事が真奈美は不思議だった。

入院する前は二人を押しのけて鉄腕アトムを見ていたのだ。新しく始まった鉄人二十八号、更にエイトマンにも全く興味を示さない。時々尋ねるのは「村本さんって知らないか?」と尋ねる。家族全員に尋ねるが誰も村本さんに心当たりが無いと言うと、落胆して勉強部屋に入ってしまう。それ程勉強はしていない様だが、成績は事故の前より上がっている。

だが恭一は既に行く高校は決まっていると考えていた。もし自分が異なる高校に行くと会うべき友人にも会う事が無いからだ。恭一の考え方を変える友人と来年会うのだが、人の裏切りを始めて知る事になる。二〇二二年ではもう忘れていた事がタイムスリップで蘇りつつある。

その友人は二年生でクラスが同じになる金子祐司。二〇二二年では既に消息も知らないのだが、恭一の考え方を変えさせた友人だった。もしも彼に出会って無かったら、別の人生を歩んでいたと今でも思っている。恭一は金子の事を本当に友人だと思っていたが、彼は全くその様な気が無かった様だ。裏切られて一時は大きく落ち込んだ記憶が蘇っていた。

今なら冷静な目で彼を見る事が出来ると思う恭一だった。この世界に戻ってやる事が二つになったと思った。もうひとつは亡き妻に会いたい！　そして一言お礼が言いたいのだ。金子祐司は同じ町内に住んでいるが、二年生になるまで一切付き合いは無かった。

小学六年生の時に引っ越して来て、お父さんとお兄さんがいるが母親はいなかった様に記憶していた恭一。町内でも端に金子の家はあるので、普段用事が無ければ行く事は無かった。二〇二二年では金子の住んでいた長屋は取り壊されて、マンションが建設されていたと記憶している恭一。

あの事件の後、恭一は金子祐司とは絶交になっていた。中学二年から卒業まであれ程仲良くしたのに、恭一は親に迷惑をかけて申し訳ないと後悔をした事を思い出していた。

それは高校進学の志望校選択で、金子が城南高校に行くというので恭一も同じ高校を希望した。だがそれは嘘で受験の時まで内緒で、無難な城北高校に進学したのだ。受験の数日前に告白された恭一はショックで受験どころでは無くなってしまった。頭がパニックになってしまったのだ。数年後に友人から、恭一の家庭は金子に妬まれていた事実を聞かされたのだ。貧乏な長屋住まいの金子と蓬莱家では家の格が異なると父親に言われていた様だ。

恭一には両親、祖父母が揃い、金子は父子家庭で父親は日雇いの様な仕事で生計を立てていた。仲良くしていた恭一を落とし入れてやろうと、子供心に妬みが生まれていた。一九六〇年代の受験は一発勝負、この精神的ショックは恭一の心を大きく苦しめたのだ。

八話

恭一は昔の事を思い出していた。

もしも金子祐司とその後も仲良くしていたら、自分の人生は変わったかも知れない。

人の裏切りと妬みを始めて知った。もしもこのまま何年もこの世界の残れるなら、事情を知っている自分は来年金子にどの様に接するのだろう？　考え始めると目が冴えて眠れない。

身体は子供で頭は七十過ぎのお爺さん、昭和、平成、令和と生きて来た知識と記憶は今後どうすれば良いのか？　苦悩が始まっていた。歴史は変えてはいけない！　一九六三年のこの時間を大きく変える事は絶対に出来ないと思う。だが自分が本当に六十年程前にタイムスリップした事実は未だに信じられない。

大きな出来事位しか覚えていない恭一だが、確かにケネディ大統領は射殺されたので記憶は正しいと思う。一九六三年で記憶にあるのは力道山の刺殺事件くらいだ。テレビが茶の間に進出を始めた年でもあって、ＮＨＫが大河ドラマの第一作花の生涯を放送したのだ。

毎日何かを思い出そうとするが、中々思い出せない。来年祖母のりくが病気で亡くなる事、オリンピックのマラソンでアベベが勝つ事、そうだ東洋の魔女も有名だ！　現状では恭一の話は占い師の域を出ていないのだ。でも人間の記憶は情けない程弱いと思う、何かに記載されていたら思い出すが何もない世界では余程大きな事件以外、古い事は殆ど忘れている。


翌日真奈美が嬉しそうに「お兄ちゃん！　これ見て！」と千円札を差し出した。伊藤博文の肖像が恭一の目には懐かしい。

「どうしたのだ？」

「お年玉貯めていたのを交換して貰ったのよ！　新しく出たお札よ！」そう言って嬉しそうに言った。

一九六三年に伊藤博文の千円札に変わったのか？　聖徳太子から変更になったのだが、恭一は全く覚えていなかった。

「王選手が本塁打記録シーズン五十五本打つのは……来年か？」ぽつりと言う恭一。

昨日から自分の記憶を蘇らせているのだが、来年は東京オリンピック以外にそれ程大事件を思い出さなかった。

「お兄ちゃんは何年先まで未来の事が判るの？　みんなは信じて無いけど私はお兄ちゃんの話信じているからね！」

「そうだな！　二〇二一年位までは……」

「そ、それって二十一世紀って言うのよね！　鉄腕アトムが空を飛ぶの？」

目を輝かせて尋ねる真奈美。真奈美は恭一の話を一日一回聞かないと落ち着かない。


「そうだな！　車が一軒に一台から二台はあるな！」

「えーそ、そんな！　家族で誰も車を運転出来無いのに？」

「今近くに国道を建設しているだろう？　あの道が車で一杯になるよ！」

「そんな！　家より高いって噂の車を二台も？　私も将来車を？」

「そうだよ！　確かドイツの車に乗せて貰ったぞ！」

「誰が？」

恭一が自分の顔を指さす。

「お兄ちゃん！　それは絶対嘘！　私がドイツの車を運転？　信じられないわ！」

「薬局の奥様だから当然だろう？　子供を乗せて旅行にも行っていたなあ！」

「自家用車で？　それも外国の車で？　お兄ちゃんの話はおとぎ話よ！　嘘でも楽しいわ！

子供は何人？」

「二人だったな！　男の子ふたり！」

「わあーー泉さんって薬局何処にあるの？　街を調べたけれど何処にも無かったわ！」

妹は自分で泉薬局を探した様だ。冗談だと半分は思っていても、自分の将来は気になる様だと思わず含み笑いが出る恭一。自分はコロナで死の床だが、真奈美は元気で入院当初はLINEを送って励ましてくれた。確かに弟に比べて真奈美とは比較的仲が良かったと思う。

弟は最初役所に勤めていたが、観光課の為出張で行く事が多かったのでその様になったのかも知れない。その弟昭二も恭一が入院する二年前に病気で亡くなっている。

真奈美は恭一の話に酔ってしまい、度々話を聞きに来るが毎回言うのは「泉さんって人いないし、薬局も無いわ！　遠くの人？」って尋ねる。

恭一は知っているが言わない事に決めていた。真奈美が泉の家に押しかけて変な事を喋ると、何が起こるか判らないからだ。

ケネディ大統領の暗殺事件だけでは信じていなかった人々も、十二月の力道山刺殺事件で一変する。

「予言ができる子供がいる！」「神の領域だ！」と噂が巻き起こる。

「大変な事になったな！　恭一！　学校でも大騒ぎになっているだろう?」

「校長室に呼ばれたよ！　明日新聞社の人が来るって言われたよ！」

「もう公の場所で喋るのは止めるのよ！」

「それよりお婆ちゃん！　ショックで寝込んでしまったよ！」

りく婆ちゃんが力道山の死で元気が無くなって、寝込んでしまった事が恭一には一番の心配事だった。もう数か月しかお婆さんと話も出来ないと思うと悲しくて寂しい。六十年も前に既に亡くなっているお婆さんに会えた事はタイムスリップした喜びのひとつだ。後何日この世界に自分がいるか判らないが、お爺さんの長吉が亡くなるまで後十数年の時間があるので寂しくはなかった。


真奈美は力道山の事件で完全に恭一を未来の見える預言者だと思い込んでいる。だが不思議な事に来週とか来月の事は全く当たらなくて、度々失望させられる。

翌日の昼前、中学の校長室で新聞記者を交えて質問が始まった。

「大きな出来事しか覚えていないからね！　昭和が何年で終わるとか?」

「えっ、そ、それって天皇陛下が崩御される事ですよね！」

取材の新聞記者が腰を抜かしそうになる。

「蓬莱君！　その様な予言は悪い冗談になるよ！」校長が驚いて戒めた。

「退位されて譲られる事もあるのですよ！　崩御だけで年号は変わりませんよ！」

その言葉に校長室の全員が呆気にとられてしまった。

九話

「そ、それはどう言う意味だね！」

「高齢で公務に支障が出たら困るので、生前退位されて天皇が変わられるのです！」

「今の天皇が皇太子に譲られるのか？」

「今の天皇とは限りません！　次の……」と言いかけて口を閉ざした恭一。

既に校長達は恭一の話はあり得ないと思い始めて「蓬莱君！　今回は君の妄想が的中したのだろう？　天皇陛下の話は言わない方が良いよ！」

「もう良いから教室に戻りなさい！」

戦前生まれの校長達には天皇の話をこれ以上聞く事は恐れ多いと恭一を解放した。新聞記者に校長は、組み立て体操の練習中に落ちて変な事を口走る様になったと説明して、今回の事は偶然ケネディ大統領の件と力道山刺殺事件が的中しただけだ。それが証拠に今週の事とか、明日の事が全く予言出来ないと説明した。

「流石に昭和天皇の崩御の話は記事に出来る訳が無いですよ！」そう言って笑って帰った。

第二次世界大戦後、二十年も経過していない時にその様な話を書く事が出来る筈も無かった。

二十六年後の話をしてしまった恭一。その話の影響で翌日から騒がれる事が一気に消えて、恭一が予想した力道山の死は偶然だと決めつけられた。

だが、お婆さんのりくのショックは大きく、その日を境に寝たり起きたりの日々になった。

この様にして体力が衰えて、この冬を乗り切る事が出来なかったと理解した恭一。子供の時はお婆ちゃんの容体が悪くなって、病院に入院したと思っていたが現実は精神的なショックが大きかったのだ。

年末には長吉お爺ちゃんが杵を大きく上げて餅つきの主役をしていた。昔はこの様な年末を家族で過ごしていたのを思い出す恭一。白黒の小さなテレビを家族全員が見ていた。

紅白歌合戦を「赤だ！」「白だ！」と楽しそうな家族、二〇二二年の世界では絶対に無いドラマが、小さな白黒のテレビが中心の家の中で繰り広げられている。母は横目でテレビの音を聞きながら、お節料理を一生懸命に作っている。明日の夕方には嫁に行った娘達が孫を連れてやって来るので、沢山の料理が必要だった。

正月の三日間は何処の店も休んでいるので、台所には日本酒、ビール、お菓子も山の様に買い込まれている。これも二〇二二年には絶対に無い光景だ。近所には年中無休のコンビニがあり、正月の買い物も形だけになっている。そう思うとこの時代は良いと思う恭一。

正月になると家族全員揃って近くの神社に徒歩で初詣に向った。りく婆ちゃんも正月は元気で、雑煮を食べて満足そうな顔をしていたが、初詣は流石に行けずに家で留守番、束にして届いた年賀状を見ながら「元気だ！　孫がまた増えたらしいわ！」と添え書きを読みながら楽しく過ごしていた。

夕方になると奥田の叔母さん一家と恭介の上の姉が子供二人を連れてやって来た。昔はこの様に親戚が沢山集まって賑やかに正月を過ごしていたのだと、懐かしくて思わず目頭が熱くなる恭一。二〇二二年の世界では、葬式も家族葬が中心で親戚も殆ど集まる事が無い。

疎遠になって親戚の意味さえ無くなりつつある。マスメディアの発達は個人の生活重視になって、助け合う必要も少なく、寂しさを感じない様になってしまったと思う。それは結婚願望の若者が減る最大要因になっている。そして社会問題の少子化もこの延長線での結果だ。


一日中テレビを見て、パソコン、スマホのネットで音楽も映画も見る事が出来る。

「お兄ちゃん！　どうしたの？」元気がない様に見えたのか、真奈美が近づいて来て言った。

「お年玉幾ら貯まったの？」

「幾らになったかな？」

そう話していると、砂川の叔父さんが急に「恭一！　お前、ケネディ大統領の暗殺と力道山の刺殺事件を予言したらしいな！　今年どの様な事が起こるのだ？」酒が入った勢いで尋ねた。

「オリンピックのマラソンでアベベが優勝して、円谷って選手が最後で抜かれて銅メダルって聞いたわよ！」真奈美が代わりに答えた。

「細かい占いが出来るのだな！　大きな事件はどうだ？」

「今年はオリンピック一色で、新幹線の開通位かな？」

「それは俺でも知っているよ！　もう少し細かい事を聞きたい！」

「王選手がホームランの記録を作るよ！」

「そうか！　何本打つ！」

「五十五本だよ！　そしてその記録を追い抜く日本人選手が現われるのは……」恭一は村上選手だと言いたかったが、コロナで入院したので結果は知らない。その後は一九六三年の世界にタイムスリップしたから尚更判らない。

「五十五本のホームランを打つのか？　俺は長嶋が好きだけれど、凄いな！　王さん！」

「世界記録のホームランを打つから、まだ始まりですよ！」

「世界記録？　アメリカの選手より多く打つのか？」

「そうですよ！　八六八本の本塁打を生涯に打ちますよ！」

「おいおい、嘘八百って聞いたけれど、本当か？　今年で確か百本ちょっとだぞ！」

「一九八〇年に引退するまでに達成しますよ！」

「一九八〇年って十六年後か？　本当か？　この話は眉唾ものだから、他では話せないな！　今年が無理なら来年の出来事を何か教えてくれ！」

「飛行機が墜落したのは、来年だったかな！　子供が誘拐されて大ニュースになったのも……」

記憶を辿る恭一だが大きな事件以外は、起こった時期が曖昧で何年の事件か覚えていなかった。王選手はファンだったので自信があるが、他の事件は余程大きな事件以外は定かでは無かった。でも話を聞いている砂川の叔父さんは、万博の翌年亡くなったから確かめる事が無いのだ。

しばらくして子供達は双六を広げて始める。恭一も殆ど興味は無かったが、昔を懐かしみ一緒に参加していた。双六に飽きると今度はかるた大会が始まる。昔の正月の風景はこんな感じで時間が過ぎたのだと、恭一は参加している子供達の未来と照らし合わせていた。

十話

「今日も恭一の予言に興味があった様だな！」

夜寝室で両親は恭一の予言の話をしていた。

母の美代が「恭一の話し方がもの凄く大人になっていると思わない？」

「俺も君島病院を退院した時からそう思う！　お袋も敏感に感じている！　退院してから逆らわない様になって優しいと話していた」

「脳震盪で性格が変わったのかしら、真奈美にはもっと沢山の予言を話しているようよ」

「何かあったか？」

「泉さんって人知らない？　って、聞かれたわ！」

「泉さんって誰の事だ！　恭一にも村本って人の事を聞かれたな！　誰なのだ？」

「判らないわ！　真奈美は嬉しそうに尋ねたから、悪い事では無いと思うけれど気味悪いわ！」

「俺今年中に車の免許を取ろうと思っている！　お袋も具合が良くないから将来車が必要になるだろう？」

「えっ、車買うお金なんか無いわよ！」

「買わなくても奥田君が必要な時に使って下さいと、今日言ってくれた！」

「お爺さんも今は元気だけれど、将来は必要かも知れないわね！」

「だろう？　会社の同僚も今年運転免許試験を受けるって話していた！　これからは車の時代だ！　国道も整備されるからな！」

「農業用に軽のトラックがあれば楽になるわね！」

二人は子供の話から始まって、車の免許証の話に発展していた。

昭和三十九年は恭一の記憶に残っている事は、祖母りくの死とオリンピックの話題位で他には殆ど記憶の中には残っていなかった。そのりくが倒れたのは成人式の翌日の十六日だった。正月も終わって学校が始まって、子供達も三学期に入った。りくが倒れたのは長女の娘が成人式のお祝いのお礼の電話を掛けて来た時だった。自宅に電話が無いので、近所の商売をしている家に呼び出されて向かう途中に倒れたのだ。昔から懇意にしている家で、米を販売している横田米穀店の店先で突然りくは心臓発作で倒れた。直ぐに起き上がったが、既に横田さんの家族が救急車を手配していた。救急車には祖父の長吉が一緒に乗り込んで県立病院に向かった。

「大丈夫よ！　よろけただけだから！」とは言ったが顔は蒼白で血の気が無かった。

直ぐに救急車に載せられて県立病院に長吉とりくは向かった。

恭一はりくが倒れた日までは記憶になかったので、事前に教える術は無かったのだ。学校から帰って初めてりく婆さんが倒れた日を思い出していた。確か二、三週間入院して亡くなったので、二月の初めだったのだ。その日を境に恭一は学校の帰り足しげく病院に寄り道して帰る様になった。祖母とのお別れを記憶に残して置きたかったのと、自分の肉親が一人消える寂しさが心を覆っていた。

「恭一！　お前毎日の様に来て、お見舞いのお菓子を持って帰るね！　弟や妹にも分けなさいよ！」

「お婆ちゃん！　具合はどうなの？」

「あれは偶然倒れただけだよ！　直ぐに退院だと先生もおっしゃっている！」

（そんな事は無い筈だ！　既に心臓が相当悪い！）と知っていたが「そうなの？　秋のオリンピック見られるね！」

「勿論よ！　聖火がこの町も走るのだろう？　応援に行くわよ！」と笑顔で話すりく。

だが恭一は病室を出ると目を真っ赤に腫らして涙ぐんでいた。


恭一の姿を見舞いに来た奥田の夫婦に目撃されてしまった。

「お婆さん！　何かあったの？」青ざめて問いただすなり、小走りに病室に飛び込む二人。

「お母さん！」と叫んだ奥田の叔母さんを見て驚いた様に「政子！　どうしたのだい？」笑顔で尋ねる。

「廊下で恭ちゃんが泣いていたから、お母さんに何かあったのかと思って……」

「恭一ね！　私が入院してから毎日来るのよ！　お見舞いの品物目当てだと思うわ！」

「毎日？」

「学校のある日は帰りに、休みの日も自転車で来てくれるよ！　毎日何か持って帰るから、他の弟や妹に分けるのよ！　って言ったのよ！」

「そうなの？　でも変な子ね！」と口走った政子。

お見舞いの果物籠を置いてしばらくして病室を出ると政子が「もしかして恭ちゃん！　予言で知っているのかも知れないわ！」

「何が？」

「母がもう長く無い事を！」

「えっ！　元気だったよ！　来月にも退院だと、先生も言ったと……」夫の太一も言葉がつまった。

「そうよ！　恭ちゃんが毎日来て、涙を流して帰るって変よ！　お見舞いの品物貰っても泣かないでしょう？」

「やっぱり、預言が出来るのか？　じゃあ、村本って人を探しているのも何かあるのかもな！」

「私も村本って人が気になっているのよ！　私に何故聞きに来たのかしら？　変な事が多いのよ！　妹の真奈美は正月に泉って薬屋知らないって尋ねたしね！」

「泉さんと村本さんか！　何だろう？」

二人はりくの身体の心配をする反面、泉と村本の名前が大きく心に残った。

その後も学校の帰り道、休みの日は自転車で病室に現れる恭一。照れくさそうに何かお見舞いの品物を持って帰るが、本当はそれが目的では無い事が最近長吉には判って来たのだ。恭一の帰るのをそっと尾行した長吉は薄暗くなった空を見上げて「もう直ぐお別れだね！　りく婆ちゃん！　心臓が悪いのに追いかけ回してごめんなさい！」独り言を言って涙ぐんでいたからだ。長吉は病院の先生から心臓がもう限界に近付いているので、手の施し様がないと告げられていた。

「やはり、恭一は予言が出来るのだ！」と独り言を言って踵を返す長吉。長吉も妻との別れの時間が迫っているのが判った。

「本当はね！　もう少し未来ならりく婆ちゃんの病気は治るのだよ！　でも今の医学では治せないのだよ！」

真奈美にりく婆ちゃんの命がもう残り少ない事をその日の夜教えた。話を聞いていた真奈美が大きな声で泣き始めて、狼狽える恭一だった。

十一話

真奈美がしばらくして「私も毎日お婆ちゃんに会いに行くわ！」と言い始めた。その日から恭一と真奈美が時間は違うが県立病院に見舞いに行くようになった。長吉はその様子に、恭一が真奈美に教えたに違いないと思い、りくの死が近い事を悟った。

「真奈美も最近毎日来るのよ！　見舞いのお菓子が足りないね！」とりくは喜びながら財布から小遣いを出して「帰りに何か買いなさい！」と手渡した。

「わ、私、小遣いがほ、欲しくて来ているのではないわ！」真奈美は驚いて言う。

「判っているわよ！　天国へお金は持って行けないのよ！」冗談で言った言葉に真奈美が号泣したのでりくは困ってしまった。

しばらくして恭一が来ると一緒に帰る様にりくは真奈美を託した。これは二人が見た最後のりくの姿だった。

翌日の夕方恭一が珍しく病院に寄らずに帰宅すると、家の周りが騒がしく人の出入りが異常に多い事に気が付いた。

「恭ちゃん！　お婆さんね！　昼頃に亡くなったのよ！」近所のおばさんが恭一に声を掛けた。

家の中では突然の死に驚いている奥田の叔母さんの姿があった。真奈美は気丈に片づけを手伝っている。

「恭一お帰り！　お婆さんね！　今日の昼突然倒れて亡くなったのよ！」母の美代が言った。

父の恭介は葬儀屋と打ち合わせ中で忙しくしていた。

「休憩所は迎えの家とお隣にお願いする！」の声が聞こえる。

そうだった！　この時代は自宅で葬式を行っていたのだ！　今の様に大きな葬儀場が無かったから自宅か寺を使っていたと記憶が蘇る恭一。その時、恭一は何かに記憶を書き留めて置かなければ忘れてしまうと思い始めた。日々未来の記憶が消えて昭和三十八年から三十九年の記憶が増えている事に気付いた。


その日の夕方からお悔やみの人が次々と自宅を訪れて、夜にはりく婆ちゃんの子供達が次々と夫婦でお悔やみにやって来た。

「恭ちゃん！　占い師なのにお婆さんの具合判らなかったの？」

久々に長吉とりくの子供達が集まった。長女の響子は亭主を四十歳の若さで失って未亡人、今日は長男の坂田亘を連れて来ていた。次女は永井辰子で亭主と一緒に来ている。三女は大農家の横山須美代と旦那さん。恭一の親父の恭介は四番目で奥田の叔母さんは一番下の子供なのだ。長男は太平洋戦争で死没しているので、今は五人兄弟になっている。長女の響子が恭一の占い能力の話を聞いていたので詰め寄った。

「僕は占い師ではないよ！　でも叔母さんはずーと、ずーと長生きされますよ！」

そう言って微笑むと「な、何を言うのよ！　いつまで生きるのよ！」急に気になる響子。

「今が昭和でしょう、その次が平成って言うのだよ、その次の年号まで生きていますよ！」

「えーそれって、次の天皇様の在位が短いの？」

「違いますよ！　先日結婚された皇太子様が譲位されるのですよ！」

「私、そんなに長生きするの？」

「はい！　叔母さんは確か百歳までの長寿ですよ！」

「百歳！」と驚く声に「じゃあ私は？」奥田の叔母さんが口を挟んだ。

「叔母さんは幾つ迄生きていたか判りません！」

「それって、何よ！　若死に？」

「その逆です！　僕よりも長生きされるので判らないのです！」

「恭ちゃんより長生き？」そう言いながら計算するが「訳が判らないわ！　村本さん探さないわよ！　もっと分かり易く教えてよ！」

「叔母さん！　村本さん思い出したの？」

「気にしているけれど、大阪の村本って人いないわ！」

「ありがとう叔母さん！　もし判ったら直ぐに教えてね！」

「何故私なの？　他の人にも聞けば良いのに？」

「叔母さんが僕に紹介してくれたのだから、他の人は知らないよ！」

「私が？　村本さんを？」

「そうだよ！　村本麻里子さん！　今五歳位かな？」

「えー、五歳の女の子を恭ちゃんに紹介？」

「違うよ！　今は五歳位だけれどね！　もっと先の事さ！」

「それって、何年先の話なの？」

「ずーと先だよ！　だって奥さんになる人だもの！」

その言葉にその場の人は全員呆れ顔になってしまった。

「そ、そうなの？　気にして置くわね！」そう言うと親戚の弔問客の方に行く奥田の叔母さん。

そして夜遅く恭介に「恭ちゃん！　やっぱり変よ！　頭を見て貰った方が良いわ！」と囁く様に伝える政子。

「何かあったのか？」

「私に村本って知らないか？　て尋ねていたでしょう？」

「村本さんの事なら聞いたな！　最近は言わないがどうしたのだ？」

「村本麻里子さんって五歳位の女の子を探しているのだけれど、誰だと思う？」

「五歳の女の子なのか？」恭介は残りのビールをコップに注ぎながら尋ねた。

「恭ちゃんの将来の奥さんだって言うのよ！」今度は恭介が飲みかけていたビールを口から噴き出した。

「嫁さん！　何だ！　そ、それは？」

「中学生が嫁さんを探しているって聞いた事ないわ！　本当に村本さんって知らないのよ！」

「何故政子に？」

「私が恭ちゃんに紹介するらしいわ！　十年以上先に！」

「得意の予言か？　お袋の死期は言わなかったぞ！」

「響子姉さんはもの凄く長生きだって、私はいつ死ぬか知らないらしいわ！」

「もの凄く長生きって百まで生きるのか？」

「何でも昭和の次の次だって話したわ！」

「今が三十九年、次の年号の次？　何年先だ！」酒の酔いも入って恭介は計算を諦めて、明日の通夜の段取りを話して寝室に向かった。

十二話

「恭一は本当に不思議な子になったわね！」美代は恭介が部屋に入ると同時に話した。

「また恭一の話か？」

「お婆さんが亡くなるのを随分前から知っていた様よ！」

「えー、何故だ？」

「真奈美が今夜悲しそうな声で言ったのよ！　去年病院から戻ってから知っていたらしいわ！」

「何故言わない！　もっと早く病院に……」

「お母さんの運命だったのよ！　早く言うと騒動になるから言わなかったのよ！　人の命の時間が判る程怖い話は無いわ！」美代の言葉は母を失った恭介には胸に突き刺さる言葉だった。

「そうだなぁ！　未来が判ると怖いかもな！」

「恭一の嫁さんは村本麻里子さんって言うらしいぞ！」恭介が政子に聞いた話を美代にした。

「えーー」今度は美代が驚きの声を発した。恭介が話を説明すると怖がって美代は布団を被って寝てしまった。

翌日は通夜が執り行われて、近所のお婆さんが念仏を唱えに集まり親戚も多数訪れた。今の葬式には無い懐かしい思いが恭一の胸を熱くした。いつの間にか家族葬が定着して、あの人はいつ亡くなったのかも判らない二〇二二年を思うと非常に人情味にあふれた通夜だ。昔はマスメディアの発達も無いので、亡くなった日から近所の人々が訪れて故人を偲びながら残された人を慰めた。通夜から初七日、そして毎週の逮夜で寂しさが癒やされる日々が続くのだ。

四十九日で漸く遺族は哀しみから立ち直り、普段の生活に戻れる気持ちになる。その後は百ヵ日、今度は集まって故人を偲ぶ様になる。日本の仏教の習わしは中々上手に創られていると恭一は昔の通夜を見て、自分が来た二〇二二年が如何に侘しい時代だったのかと思い出していた。コロナで危篤状態になっていた私は、誰にも看取られる事も無く袋に入れられて火葬場に移送される。そして骨になると初めて息子英治の元に返されるのだろう？　子供と孫位が位牌を拝みに来るだけか？　思わず涙が頬を伝った。

「お兄ちゃん！　泣いているの？」その顔を見て真奈美が言った。

「………」

「私はもう一杯泣いたわよ！」真奈美は恭一から聞いた事が現実に起こった驚きと、元気だったりく婆ちゃんの死に昨日は大泣きをしたのだ。

「改めてお兄ちゃんの話は全て信じるわよ！」と言う真奈美。

通夜の前日から大学ノートに恭一は知っている未来の事を書き始めた。思い出しながら世界の事、家族の事を書き残さないと自然に忘れてしまいそうだった。一九六四年、東京オリンピック開催から書き始める。記憶に残るのは東洋の魔女と呼ばれたバレーボールの快進撃だ。そしてマラソン、アベベの二連覇、日本の円谷幸吉がグラウンドで二着から三着になるシーンが蘇る。柔道とレスリングも強かったと思うが、詳しくは思い出せない。二〇二二年ならパソコンで調べて記憶を蘇らせる事は出来るが、恭一の今の状況は全く資料を見る事が出来ない。日々未来に向かっているが、記憶は日々薄れてしまうのだ。一九六五年と書いて、何があったのかな？　考え込んでしまう。家族で亡くなる人はいなかったが、親戚は？　と考えても正確に何処の誰がいつ頃亡くなったか？　は思い出す事は不可能だった。数日前友人が若大将の映画を観に行くと話していたから、エレキブーム位しか思い出さない恭一。一九六六年は何があった？　ビートルズが来たな！　飛行機が東京湾に墜落したけれど、何月だった？　人間の記憶は曖昧だと思う、何処にも書いてない事だから探す術はない。去年の出来事と祖母の死は何十年経過しても記憶の中にあったので、直ぐに思い出したのだ。力道山の死と祖母りくの死はリンクしていたので、記憶が残っていたのだ。そこまで考えると眠ってしまった恭一。

翌日は祖母の葬儀が自宅で行われた。確かこの葬儀が自宅で行った最後の葬儀だと思った。

祖父長吉は寺で執り行ったと記憶しているが、それは随分年月が過ぎてからだった。午前中に葬儀が終わって、火葬場へ向かう人達と霊柩車を見送る人に別れた。ここでも出棺の時に真奈美が大泣きをして、参列の人の涙を誘った。真奈美は数か月前から判っていたので、一層別れが辛く切ない事になったと恭一には判った。知っていても教える事も他の人に話す事も出来ない苦しさが、子供心に強烈な印象として残った。自分が入院した時、真奈美が「もう家族を送るのは嫌よ！　治して帰って来てね！」そう言って電話を掛けて来た事を思い出していた。

祖父母、両親、弟、泉の両親、そして娘を失った悲しみが電話の言葉に刻まれていた。真奈美が家族を送った最初が祖母のりくだった。真奈美が何歳で亡くなったのかは恭一には判らない。恭一は自分がコロナで亡くなってここにタイムスリップしたのなら、自分の元の身体は今どの様になっているのだろう？　死んでいる？　昏睡状態？　その様な事を考えると、りく婆ちゃんも子供の頃に戻って家族を驚かせているのだろうか？　と良い事を考えていた。

その日から毎日の様に村の念仏集が逮夜毎に自宅にやって来て、りく婆ちゃんの霊に念仏を唱える。昔はこの様な決まりが村にあったと思い出す。母の美代は毎晩お茶とお菓子の準備で忙しい日々を過ごした。長吉爺ちゃんはりく婆ちゃんが亡くなってから、やはり元気が無くなった。毎晩飲みに出かけていたが、回数が極端に減った。子供、孫が沢山やって来るので嬉しそうだったが、ある日「来てくれるのは有難く嬉しいが、みんなが一斉に帰ると一層寂しくなるな！」と呟く様に恭一に話した。子供と孫の顔を見るのは嬉しいが、波が引く様に帰るのを寂しく感じていたのだ。これから長吉爺ちゃんは十年以上長い寡暮らしをする事になる。

十三話

恭一には考え方を変えた中学二年生が始まった。金子裕司との出会いが恭一の考え方を左右するとは、正直出会った時は考えもしなかった。唯、今回は判っていて敢えて付き合う事にする恭一。何故なら歴史が変わってしまう可能性が有るからだ。

夜になるともし自分と同じ様にタイムスリップした人がいたら、その人はどの様に暮らすのだろう？　未来が判るって事は怖い部分も多い。将来、決められた高校から大学、そして就職、結婚、もう一度同じ道を歩むのか？　異なる事が出来るのだろうか？　子供英治、恭二も生まれるのか？　異なる事をすればこの世の中から消えてしまう？　その様な事を考えていると眠れない恭一。

だが学校が始まると、恭一は意外な事に気が付いた。それは金子の方から積極的に恭一に近づいて来た事である。登下校を一緒にするとか遊びに行く時も誘うのだ。この事実から、初めから自分を？　の疑問が芽生えて来た。

それは恭一の知らない世界で起こっていたのだ。村祭りの時に、恭一の祖父長吉が祭りの会合で新しく村に住んでいる金子の父を祭りの重要な役から外した経緯があったのだ。その事を祭り好きの金子の父親は自宅で怒って暴れる程だった。昔生まれ育った町では子供の頃から祭りが一年の内で一番好きな男。転居しても祭り好きは変わらない。神社の氏子が持ち回りで、何年かに一度当番で神輿、神馬での行列が行われる。その時を待っていた金子だったが、重要な役から外された恨みが恭一に向けられたのだ。長吉が決めた訳ではなく村の役員が出した結論を代弁発表しただけだったが、恨みを買ってしまったのだ。

その様な裏事情は全く知らなかった恭一。二度目はどの様に金子と付き合うか、考えながら行動する事になる。中学の二年間だけの付き合いだ！　もう結果は判っている。その後金子が何処へいつ引っ越したのか、恭一の記憶には全く無かった。

東京オリンピックが迫って、学校から全員が小旗を持って聖火リレーの応援に参加した。

この時代は半強制にて沿道で小旗を振っていたのだと思い出す。二〇二一年のオリンピックではこの様な事はなくて、コロナ感染が怖く限られた場所での応援だった。

「この時代は良かったなあ！」呟く様に言って聖火ランナーの到着を待った。

ランナーが見えて来ると歓声が沸いて、沿道の人達の興奮が伝わる。皆が同じ方向を向いている様子が良く判った。その時、急に亡き妻麻里子の事を思い出す恭一。

「東京でオリンピックが決まったら、家族で観に行きましょうよ！　貴方は古希を過ぎているから最後のオリンピック観戦ね！　私は一九六四年の時は六歳だったからそれ程覚えてないのよ！」麻里子がオリンピックの誘致合戦のニュースを見て話した。

「次のオリンピックが来るかは判らないぞ！」

「次は必ず来るわよ！　絶対！」

オリンピックが決まった招致時には、麻里子は他界して決まった事さえ知らない。あの時生きていたら手を叩いて喜んで「一緒に行こうね！」と六年後を楽しみにしただろう。そんな思いが心を過ぎると急に涙が頬を伝った。

「蓬莱君！　どうしたの？　感激して涙ながしている！」近くにいて走り去ったランナーから目を移した辰巳紀代子が言った。

「うん、感激した！」涙を隠そうともせずにそう言い放った恭一。

「初めてのオリンピックだから感激するわね！」紀代子は同情して言った。

この紀代子とは三年間クラスが同じだった。頭が良くて来年は生徒会長に選ばれた様に記憶している。その紀代子も高校になってからは一度も会っていない。確かその後の同窓会にも出席していなかったから、全く音信不通になったと思った。


聖火ランナーの姿を見ると、オリンピックが近づいた事を感じて周りはオリンピック一色になっている。恭一もマスコミ報道を見て遠い記憶を蘇らせていた。恭一は真奈美にせがまれて新聞を見ながら教え始めた。

「女子バレーは金メダルだよ！　重量挙げ三宅義信さんも金メダル、レスリングはこの人だよ！」と指をさす。

「吉田さん！　渡辺さん、上武さん？」

「この人も金だったと思う、花原さんと市川さん」

「柔道は？」

「全員金だったかな？　違った無差別はヘーシンクに負けるのだ！」

「他は？　体操は日本が強いでしょう？」

「女子は断然チャスラフスカが素晴らしい演技をしたな！」
そして記憶に残っている金メダルの日本人を新聞に丸印を入れた。真奈美は嬉しそうにその新聞を持って、自分の手帳に写しかえる。学校で自慢して話そうと思っているのが見える。同じ中学に通うから、朝は一緒に登校するが帰りはクラブ活動をしている真奈美は遅い。金子もクラブ活動をしていないので、帰りは恭一と一緒に帰る。結末を知っていても金子とは話が合うので、苦痛では無い恭一。

時間が出来ると思い出しながら歴史の出来事をノートに書いていく恭一。もし自分が突然消えたら誰がこのノートを探して読むのだろう？　両親か？　妹か？　でも突然消えると歴史が変わってしまう、それならこの身体に住み着いている自分だけが消えるのだろうか？　何かを残すのは怖い反面、自分がタイムスリップした事実を知って貰いたい気持ちもある。一九六七年、ミニスカートがブームになって、吉田茂元総理が亡くなった事くらいしか覚えていない。一九六八年、三億円強奪事件だ！　今も事件は解決せずに時効になったな！　川端康成がノーベル賞を貰った。メキシコオリンピックだ。一九六九年、月面着陸人類初の出来事、長吉爺さんが「お前！　アメリカに騙されとる！」の言葉を思い出す。

十四話

オリンピックが始まって、真奈美は毎日誇らしげに「私の言った人が勝ったでしょう?」と家でも学校でも人気者になっていた。毎日学校で尋ねられて「この人はね！　勝てないわ！」と優勝候補の負けを予想する。それも全て恭一の記憶が残っていることだけで、全く覚えていない人の事は判らない。恭一も一度見た画面を覚えているのか、記憶を辿りながら真奈美に教える。恭一自身が最近は余り予言の様な事を言わなくなった。これ以上話題になると危険だと思い始めたのも事実だった。マスコミ関係者が何処で聞いて来たのか、ケネディ大統領の暗殺を二か月前に知っていた恭一を疑った。中学生の男の子だったので難を免れたが、大人なら連れて行かれるところだった。

そんなある日恭一はお腹が痛くなって苦しみだした。すっかり忘れていたのだが、中学二年のオリンピックの終盤になって盲腸で入院する事になった。お腹が痛くなって思い出した盲腸。

「急性盲腸炎だ！　病院に連れて行って！」

「えっ、本当に盲腸なの?」母の美代は恭一が自分で病名を言ったので驚いて尋ねた。

「間違いないよ！　君島先生の病院に連れて行って、救急車！　お願い！」と言いながら苦しむ恭一。

　父親の恭介はまだ仕事から帰っていないので、仕方なく救急車を呼ぶ美代。美代は本当に盲腸なのか？　と疑っていたが、苦しむ恭一の姿を見て救急隊員に「盲腸なのです！　君島病院にお願いします」と話してしまった。診察も受けずに盲腸だと言われて隊員は、以前にも同じ様に盲腸になったのだと解釈して直ぐに君島病院に連絡して向かった。病院で診察を受けると君島太郎医師が「本当だ！　盲腸に間違いありません！　早速手術を致します！」と告げられて美代は驚く。右の下腹が痛くなって盲腸だと思うのは、予言でも何でもないわね！　と恭一の予言では無いと思った。いざ手術になると恭一はお腹を切られる痛みを想像しただけで恐怖心が増大していた。

「恭一君！　そんなに心配しなくても直ぐに手術は終わるよ！　そんなに怖いのなら全身麻酔で手術をするか？」

「は、はい！　僕痛いのが苦手です！」

　そう言うので君島医師は盲腸の手術に全身麻酔をする事にして、美代に承諾を願い出た。

　美代は「恭一は昔から怖がりですから……」そう言って承諾した。

　恭一は麻酔の眠りに入った。

しばらくして「大丈夫ですか？」

「気を失っているだけか？」の声が遠くで聞こえる。

ゆっくり目を開く恭一の目に飛び込んだのは、数人の人の顔、顔だった。

「気が付いたわ！　良かった！」

「救急車がもう直ぐ来ますが、幸い大きな怪我はされていない様ですね！」

「君島病院！」恭一が口走った最初の言葉がそれだった。

「判りました！　君島病院に送り届けるのですね！」

「首と頭が痛い！」

「二トントラックに激突されたから、むち打ちになったのね！　今警察の聴取を受けているわよ！　運転手！」

救急車が到着して恭一は車から運び出されて、救急車の中に載せられる。警官が来て「気が付いて良かった！」「何処の病院に運ぶのだ！」

「君島病院だと聞きました！」救急隊員が答える。

この時恭一は自分が車を運転していて事故に遭遇したと、ようやく理解できた。中学二年？　違うな？　事故？　交通事故？　救急車の中で思い出そうとする。

「あっ！」急に思い出したのは、社会人になって三年目、昼飯を食べて通りに出た時、後ろから来た二トントラックに追突されたことだ。じゃあ、自分は二十六歳に再びタイムスリップしたのか？　昨日までの自分は何処へ？　一九七八年？

「すみません！　何年ですか？」

「一九七八年十月十八日ですよ！」救急隊員は意識を失っていた人が良く尋ねるので、何も不思議に思わないで答えた。

「ピンクレディーだね！」首を押さえながら笑みを漏らして言う恭一。

「俺もファンだよ！　首が痛いならむち打ちになっているよ！　君島病院はかかり付けなのか？」

「はい！」タイムスリップは全て君島病院に関連しているな！　と思うと同時に何が起こった年なのだろう？　と考え始めた。

「インベーターゲームか？」口走ると「あれ面白いよな！」と言う救急隊員。

既に一部では流行っているのか？　来年大ブームになる事を思い出す。君島病院に着くと早速交通事故対応で、直ぐむち打ちだと診断されてトラックの激突で脳震盪を発症したと診断書が出て、首にギブスを付けて入院が決まった。確かに一週間程入院して保険金を貰った記憶が蘇る。

夕方になって君島病院に母の美代が驚いてやって来た。夜になると妹の真奈美も弟の昭二も病院に見舞いに来た。「兄貴！　大丈夫か？」と言う昭二は既に地元の市役所に今年から勤めていた。真奈美は二十五歳になってお嬢様の雰囲気が漂っている。

「兄貴！　姉ちゃんの結婚式までには治るよな！」

「えっ、真奈美結婚するのか？」

「何言っているの？　来月二十三日が挙式だよ！　頭相当打ったね！」そう言って笑う真奈美。

「相手は……薬屋だったよな！」

「当たり前でしょう？　泉晃さん！　兄さんも何度か会ったでしょう？」

「う、うん！」曖昧な返事になる恭一。

頭の中で混乱して何が何か判らない恭一。確かに妹の真奈美が結婚して、数年後奥田の叔母さんが見合い話を持って来たのかな？　真奈美の結婚が先だったのは間違い無い。何故この時代にタイムスリップしたのだろう？　まだ麻里子には会えないのに？　中学生に戻った期間は一年程度だった。今回も一年なら麻里子には会えないと思う恭一。

十五話

首が痛くて、むち打ち症で全治一か月と診断され、君島病院に入院になった恭一。あの時確かに事故で一瞬気を失ったけど、直ぐに意識は戻った筈だが？　翌日も過去の自分を必死で思い出そうとする。


「何故だ！」「何故だ！」病室で独り言を言う恭一。

「どうしたの？　首が痛いのですか？」

今まで気が付いていなかった恭一の担当の看護婦庄司則子が部屋に来てカーテンを開いた。

「思い出そうとしているのですが、事故の前後が全く思い出せないのですよ！」

「そう言う事は良くある様ですよ！」

恭一の思い出したいのはこの時代の仕事とか家族の事だったが記憶が蘇らない。二〇二二年の記憶も最近では少し忘れ始めて、ようやく慣れた時にいきなり十四年程先にタイムスリップした。来月結婚式？　妹真奈美が泉の薬局の息子と？　「あっ、お爺ちゃんだ！」と不意に口走る恭一。真奈美の結婚式の翌月祖父の長吉が風邪を拗らせて亡くなる。九十歳を超えても元気で真奈美の結婚式に出席して、お酒を飲んで上機嫌だった顔が恭一の脳裏に蘇った。

「お爺さんが何か？」近くに来て覗き込む則子。

その時、則子さんの事を思い出す恭一。

「あっ、そうだった！　付き合っていたのだよね！」といきなり口走った。

「えっ、蓬莱さん！　急にど、どうしたのですか？」

則子は驚いて後ずさりをしていた。昨日入院して今朝から昼間の担当になって、今が二回目に会っただけなのにいきなりお付き合いを言われて驚く。確かに昔、入院して則子としばらく付き合った記憶が蘇る。今日初めて話をしたのにいきなり付き合っていたと言われて戸惑う則子は、事故で頭が変になっているのだろうと思った。だが、則子に言った恭一の言葉は逆に則子に自分を意識させる結果になる。


部屋は一人部屋だったが、時々母の美代が来る程度で会社の同僚と上司が事故の翌日様子を見に来ただけだった。

上司の顔も同僚二人の顔も殆ど記憶に残っていなかったので、辻褄の合わない話に終始したところ、三人は事故の影響で少し変になっていると解釈した。恭一自身は君島病院入院中に則子と付き合ったが、退院して三か月程で別れてしまったが何故則子が去って行ったか今も思い出せない。恭一は則子の事を嫌いでは無かったと記憶を蘇らせていた。もう少し付き合いが長ければ則子と結ばれていたのだろうか？　この時代にずっと住むのだろうか？　また一年ほどで何処かの時代に移動してしまうのだろうか？　もしも移動出来るなら、麻里子と結婚して長男英治が生まれた時代かな？　違うか？　英治が幸代さんと結婚して孫の一歩が生まれた時か？　恭一は二度目のタイムスリップで、もう一度移動出来るなら人生の何処に移動するのが良いのだろう？　毎日次々と過去の出来事を脳裏に蘇らせていた。恭一は今の時代にも一年程しか居る事が出来ないのだと、決めつける様に考え始めていた。もしかしたら？　コロナの高熱で夢を見ているのかも知れない。でも夢にしては鮮明過ぎるので、やはりタイムスリップしたのだろう？

則子は恭一の言葉で献身的に恭一の世話をして、本当に好きになり始めていた。入院から一週間頃からお弁当をこっそり持って来て「病院の食事美味しくないでしょう？　それに蓬莱さんは若いから足りないでしょう？」と言った。確かに病院の食事は不味く食欲も湧かなかった。則子は恭一より三歳年下で、理想的な年齢差だとお互いが思っていた。恭一も日々則子と話をしていて自分が惹かれているのを感じている。もしあの時則子が去らなければ結婚まで進んでいた様に今でも思う恭一。事実母美代も「感じの良い看護婦さんだわね！　お前のお嫁さんに良いかも知れないわね！」と口走った事もあった。後で知るのだが両親は君島院長に則子の事を尋ねて、実家を見に行った事もあった様だ。可愛い感じの顔で背は小柄、兄妹の二人で両親は地元の郵便局に勤めていたのだ。両親は乗り気になっていたのだが、運命の悪戯なのか？　恭一が退院する前日の昼間、事件が勃発していたのだ。

「退院してギブスが外れたら、映画でも行きませんか？」退院の前日弁当を食べながら則子に話す恭一。

「映画良いですね！　何を見に行くの？」

「未知との遭遇って映画行きましょう、ＵＦＯを目撃した平凡な電気技師を主人公に、異星人とのコンタクトを真正面から捉えた傑作ＳＦですよ！」

「もう直ぐ公開の話題作ですね！　私も興味あったのです！　蓬萊さんも何処か未知の人の様な気もします！」

「えっ、僕が？　何か変ですか？」

恭一はこの時代の話を則子には殆ど話していなかった。それは中学の時ではないので、確実に変な大人として見られて何処かに連れて行かれるかもしれないと警戒して全く喋らなかったのだ。

「蓬萊さんと話していると、遠い未来の人と話している様な気が時々するのよ！　車が自動で走る様になったら僕の様な事故に遭う人はいなくなるって言ったわ！」

「あっ、そうだった！　未来の自動車の話をしたのですよ！」

「でも直ぐ実現する様に話していたわ！」

「そう言う話が好きなのですよ！　ＳＦとかも好きです！　スターウォーズもだから大好きです！」

「スターウォーズって来夏に公開の宇宙の映画でしょう？　まだ誰も見て無いのに面白いって知っているの？」

「あっ、話題作だから色々ネットとかで……」

「ネットって？　何ですか？　初めて聞く言葉だわ！　アメリカで？」

「そ、そうアメリカ、アメリカです！」変な事を口走って必死で取り繕う恭一。

記憶の中には一九七八年で覚えているのはスターウォーズだったが、未知との遭遇は昨日の新聞に書かれていたので思い出したのだ。恭一は必死で誤魔化して食事を終わると、則子が病室を出たので急に眠たくなって眠ってしまった。

十六話

一時間程して再び病室を訪れた則子の耳に「麻里子！　麻里子！　会いたいよ！」と恭一の

寝言が聞こえた。麻里子さんって誰？　則子は直ぐに見舞いの客を調べるが、母親は美代、妹は真奈美、他には女性の見舞客はいない。誰なのだろう？　親しい女性と言うより恋しい女の名前に聞こえた。心の何処かに残したまま、翌日恭一は退院して明日からは通院治療に変わる事になった。会社はギブスが外せるまで出勤は難しいので、自宅で二週間程過ごす事になる。

通院の時則子を探して「このギブスが外せた翌週の休みの日に映画に行きましょう！」と誘った。則子の頭の中には麻里子の存在が日に日に大きくなる。気になる則子は母の美代が入院清算に来る日に思い切って「恭一さんのお友達で麻里子さんって女性はどの様な方ですか？」と尋ねてみた。則子には一大決心だったが、美代はしばらく考えて「麻里子さんって聞いた事ありませんが……、何かありましたか？」

「蓬莱さんが麻里子さんを探されている様だったので、どの様な方かお聞きしました」

「私には心当たりが有りませんね！　恭一にはお付き合いをしている女性はいないと思いますよ」美代はあっさりと答えた。恭一から則子が親切にしてくれるので助かると聞かされていたので、好意を持っていると思っていた美代。

「兄さん！　事故の後少し変だけど、もしかして昔に戻ったの？」退院して二日目の夜、真奈美が部屋に来て変な事を口走った。

「何が変なのだ？」

「昔、中学校の体育祭の練習の時、落ちて頭を打って君島病院に入院したでしょう？　覚えている？」

「あー」

「あの時変だったでしょう？　覚えている？」

「何が変だったのだ！」

「確か九月に退院して直ぐに十一月にアメリカの大統領が暗殺されるって言ったわ！」

「そんな事言ったかな？」

「一番驚いたのは私の旦那様の事よ！　泉って薬局の息子と結婚するって言ったわ！　もう直ぐ結婚するのはその泉って薬局の息子さんよ！　君島病院に兄さんが入院してから事故の前と少し違うわ！」

「何がどの様に違うのだ！」

「あれはオリンピックの終盤だったわ、盲腸で兄さんが入院したでしょう？」

「入院は覚えている！」

「手術が終わって私が今まで聞いた事を尋ねても何も覚えていなかったわ！　泉の薬局の話も

ちんぷんかんぷんで判らなかった！　でも今の兄さんは知っていた！　盲腸で入院する前の兄さんに戻っているわ！　一体どうなっているのか判らないけれど、お母さんから麻里子さんって人知らないいって先程聞かれたの？　それって昔兄さんが探していた村本麻里子さんでしょう？」

真奈美に言われて驚きの表情になった恭一。

「私このノートを見つけたの！　だから色々知っているのよ！　でもその後読めなくなったのよ！」真奈美が差し出した古ぼけた大学ノート。

「あっ、そ、それを何故真奈美が……」

「実は兄さんに昔見せた事があるのだけれど、全然興味を示さないと言うか知らない物を見ている様だったわ！」

真奈美の話で恭一は事実が徐々に判って来た。目の前に有る大学ノートは恭一が記憶に残っている未来を簡単に書き留めた物だった。自分がタイムスリップをした一九六四年秋、ノートの存在には元の自分は全く知らない。真奈美には色々な事を話したので、このノートが何を意味するのか分かった様だ。

「このノートに書かれた事は今まで実際に世の中で起こったわ、そしてその後も正確に起こるのよね！　お爺ちゃんが来月亡くなるのよね！　なぜか今は読めるわ！」

恭一は顔面から血の気が引く様に思った。

「泉の薬局の話は詳しく書いてなかっただろう？」

「このノートには家の事、世界情勢等は書いてあるわ！　お父さんが二〇一五年、お母さんが二〇一九年、弟の昭二が二〇二〇年に亡くなる事も書いて有る！　市役所に勤める事も書いて有った！　全てその通りになっている！　その事を聞こうとしても昔の兄さんは既に何処にもいなかったわ！　その後は読めない様になったの！　これはどう説明すれば私に判るのよ！」

「二〇二二年に俺は死んだのだろう？　でもどの様に説明すれば真奈美に判るのか？　それも判らない！　確かに真奈美が言う通り、盲腸の手術の後俺は消えたと思う！　そして再び君島病院で蘇ったのも確かだ！　でもいつ消えるか自分でも判らない！」

「兄さんは二〇二二年から過去の世界に来たの？　頭だけ？」

「真奈美には全て話そう！　また直ぐに何処かに移動するかも知れないからな！」

「………」

「初めて移動したのは、一九六三年の秋に間違いない！　でも翌年の十月末には今の時代、一九七八年に来ている！　身体はその時代の様だが頭は二〇二二年なのだよ！　そのノートには自分がその世界に住むなら記憶を残そうと思って書き留めた物だ！　自分が抜けるとノートだけがその時代に残った様だな！　今後も何時消えるか判らない！」

「でも兄さんの頭は既に七十歳のお爺ちゃんなのね！　誰もその様な話を信じないし証明出来ないわね！　それと最近までこのノートは読めなかったわ！」

「自分でも全く判らない現象なのだ！　二〇二二年、君島病院のコロナ患者で入院隔離されていたのだよ！　家族の誰も来ない寂しい病室で息を引き取った筈なのだが？」

「コロナって何なの？　伝染病？」

「伝染病だ！　全世界に広がって相当の人が亡くなっている！　有名人も多数亡くなった。感染力が強いので隔離されて、家族の誰とも会う事を許されないのだ！」

「怖い病気なのね！」

「二〇二〇年位から広がり自分は二〇二二年の春に感染した！」

「昭二も同じ病気で亡くなるの？」

「違う！　肺癌が悪化した！」

「癌だったの？　煙草吸っているからね！　止める様に言うわ！」

「無理だ！　運命は変えられない！」

「……」

「お父さんもお母さんも長生きなのに……」

真奈美は子供の時の恭一の話を久しぶりに聞いた様な気になった。もうあれから十四年の歳月が流れていたのに、兄さんには一瞬なのだと改めて思った。

十七話

夜思い出しながら考える真奈美は、交通事故迄の兄の恭一と明らかに違うと思っていた。

今日聞いた感じは明らかに東京オリンピックの前の年に君島病院から帰って来た兄と同じだ。自分は十四年前に聞いた通り泉薬局の息子晃ともう直ぐ結婚する。二人の男の子が生まれるのか？　真奈美は結婚までに未来を知ってしまった変な気分。兄さんがいる間にもっと色々な事を聞いて置こうと考えながら眠ろうとしたが目が冴えている。盲腸の手術で君島病院に入院したと聞いて、翌日昭二と一緒に病院に見舞いに行った時既に変だと思った真奈美。一九六三年から聞いた話を少し尋ねたが、全く話が食い違って泉薬局の話をしても何も反応が無かった事を思い出した。君島病院で入れ替わっていたのよね！　どの様にして入れ替わるのだろう？　盲腸の手術と交通事故、この二つの事件の中で過去のお兄ちゃんと未来のお兄ちゃんが入れ替わるの？　でもこの事実を知っているのは自分だけだ！　誰に話しても誰も信じる事は絶対にない、顔も姿も全く同じで記憶だけが未来？　そんな事！　考え始めると一層眠れない真奈美。

恭一はギブスが外せるまで病院と自宅の往復で、何もする事が出来ない。会社には毎日朝夕電話で仕事の事を話すが、遠い昔の話を聞いている様で理解に苦しむ時が多かった。暇な恭一が頭に浮かぶのは村本麻里子の事だった。今なら十九歳位になっている！　何歳であの住宅に引っ越して来たのだろう？　聞いた記憶が有る様な無い様な。ギブスが取れたら一度行ってみよう！　大学生の麻里子の姿を見るのは楽しいかも知れない。そう思いながらも則子との約束も忘れていない。結局この恭一の迷いを則子に見抜かれて、付き合いは一度の映画だけで終わってしまうのだった。

ギブスが外せるのが真奈美の結婚式の一週間前とぎりぎりの時期になった。恭一は真奈美に結婚前にノートを返して貰う事と、絶対に自分の話を泉君には喋らない事を約束させた。

真奈美も心得て「そんな変な話晃さんには言えないわ！　だからまた思い出したら色々教えてね！」そう言って笑った。

恭一には思い出す話以外は中々記憶を蘇らすことができない。既に過去に移動してから一年半以上経過しているので、本当に記憶を蘇らせる以外に何も無い。イラン、イラク戦争も確か一九八〇年近辺だったな！　イギリスのチャールズ皇太子とダイアナ妃の結婚もあった様な気がしたが、正確な年度等は思い出さない恭一。記憶だけが頼りだから、大事な事以外中々覚えていない事を痛感していた。


週末の土曜日、明日真奈美の結婚式だが、どうしても麻里子の実家がどの様になっているのか見たかった恭一は車で向かう。昔自転車で走って行った事を思い出しながら車を走らせる。昔の車は全てクラッチの仕様に一瞬驚くが、意外や意外身体が覚えていてクラッチを踏んでのギアの入れ替えも簡単に出来た。

「久々だな！　こんな車の運転！」と独り言を言いながら、麻里子の実家に向かう恭一。

昔行った時は自転車で一時間以上かかったが、半時間もかからずに到着するとそこは建売住宅の展示販売中になっていた。係りの人が購入者と間違えたのか、駐車場に案内して「いらっしゃいませ！」と愛想を振りまいた。

「新婚さんですか?」恭一の歳を読んで、新婚が建売住宅を見に来たと思った様だ。助手席と後部座席を見ながら恭一の顔を見て（ひとり?）と不思議そうな顔をした。普通婚約者か両親を連れて来る人が多いので、勝手に後日誰かと一緒に来るのだと決めつけた。

「今日は下見にいらっしゃったのでしょうか?」係が尋ねた。

「あの住宅を買われた方の連絡先をお聞きしたいのですが？」

一番端の建売住宅を指さす恭一。

「少々お待ち下さい！　Ａ－十の住宅ですよね！」

「そ、そう言う番号は判らないのですが、私の家内の実家なのですよ！」

「は、はい！」首を傾げながら、係りの若い男は中央にある事務所になっている家に向かって歩き出した。

事務所に入ると「変な客なのですが？　Ａ－十の住宅を買った人の連絡先を教えて欲しいと言うのですよ！　確かまだ売れて無かったと思うのですが？」若い社員の森は不思議そうに尋ねた。

「そうよ！　売れて無いわよ！　何人かご覧になった方はいらっしゃるけどね！」

女性の管理職である四十歳の楠木紹子は、遠くに見える恭一を見ながら言った。

「それが変な事を言うのですよ！」

「何て？」

「家内の実家だと！」

「えー家内の実家って言っているの？　まだ建ててから半月よ！　誰も住んで無いのに？　頭

が可笑しいの？」

「普通に見えるのですがね！」森は不思議そうな顔をした。

「貴方の聞き間違いよ！　今度結婚する女性の実家が家を探しているので見に来られたのよ！」課長の楠木は自分で勝手に話を纏めた。

「じゃあ、どうします？」

「案内しなさい！　A－十の家がお気に入りなのよ！」

森は課長に言われて事務所を出て来ると「じゃあ、間取りをご覧になりますか？」と恭一に言った。

「それは必要無いですよ！　玄関を入ると右側にリビング、突き当りの左奥がお風呂場ですよね！　小さいのですよ！　もう少し風呂が大きかったら良いのですがね！　台風が一度来てガレージの屋根が飛んでしまいましたよ！　もう少し頑丈に造られた方が良いですよ！」恭一がすらすらと喋った。

「はあ！」森は驚いて聞いている。

「あの三軒隣の家も同じ様にガレージの屋根が飛んだのですよ！　家内が嫁ぐ少し前の夏だったと聞きましたよ！」

懐かしそうに喋る恭一に呆れ顔の森。

「どなたのお家なのですか？」

「村本さんのお宅でしょう？　確かお父さんは省三さんだった！」

次の言葉が出て来ない森は唖然として聞いていた。

十八話

まだ展示販売を始めて一か月でぱらぱらと売れてはいるが、この家はまだ売れていない。スカイ住宅の建売住宅は県内に数か所販売しているので間違えていると思った。

「隣町にも同じ様な建売を販売していますので、お間違いになったのでは？」

森も変な話をされて決めつける様に言った。

「そうなのだ！　村本さんまだ買ってないのだな！　そうか、そうなのだ！」恭一は自分を納得させる様に言って「また見に来ます！」そう言うと直ぐに駐車場の車に向かった。

「何？　変な客だ！」森はそう言うと事務所に戻って行った。

楠木が「何か良い話になった？　連絡先とか聞いたの？」

「あの様な変な客は困りますから、聞きませんでした！」

「何故？　買うかも知れないでしょう？」

「だって台風でガレージの屋根が飛んで、三軒隣の家もガレージの屋根が飛ぶって話すのですよ！」

「それって、嫌みなの？」

「そうでしょう？　風呂が小さいとか間取りまで中に入らずに言い当てるのですよ！」

「変な客ね！」

「家内の実家って何度も言っていましたから、他の建売と間違えたと思いますよ！　村本省三さんの家だと話していました！」

「そんなにはっきり名前を言うのなら、我が社の他の建売と間違えているのよね！」

二人は驚く様な話を無理矢理結論付けていた。


翌日真奈美の結婚式が執り行われて、家族、親戚が大勢集まった。

「次は恭一の嫁だな！」

「先日も入院先の看護婦をデートに誘ったらしいが、振られた様ですよ！　兄貴は女に不器用なのですよ！」弟の昭二が飲んだ勢いで親戚の叔父さんに喋る。スピーチで泉晃の友人が、子供は男の子が二人生まれると言ったので顔が引きつる恭一。真奈美が夫に喋ったと思って怖い顔になっていた。真奈美には色々な事を話したが、その話が全て筒抜けなら大変だと思った。

その頃スカイ住宅の建売展示場でも、楠木課長と森が青ざめる様な出来事が起こっていた。

「転勤になるのでこの際家を持とうかと思って見に来たのですよ！」

「どちらから転勤に？」

「大阪の和泉市です！」

「もう最後の転勤だと主人も申しますし、子供達も大きくなりましたので個々の部屋が必要だと思いまして思い切って買おうと思いました」妻の里子が話した。

森は「ここに連絡先等のご記入をお願いいたします！」と言ってアンケート用紙の様な物をバインダーに付けて差し出す。

「貴方どうします？」

「ご記入頂きますとお礼の品を準備させて頂いています！」ににこ顔で言う。

「この辺りの建売住宅を購入予定だから、構わないよ、記入しなさい！」

里子が椅子に座って記入を始めた時麻里子が入って来て「中々良い環境だわ！　駅を見て来たけど、ここならぎりぎり歩ける距離ね！」と言った。その後ろから弟の勝彦と妹の誠子が入って来た。

「大学生と高校生に中学ですよ！　みんな大きくなったので、自分の部屋が欲しいのですよ！」

「中を見て良い？」返事を待ちきれずに勝彦と誠子は階段を駆け上がって行った。

「子供さんは元気で良いすね！」笑顔で二階を見上げる森。

アンケートの記入を終わった里子が「これで宜しいですか？」とバインダーを森に手渡した。

森は名前の欄を見て「村本省三様ですね！」と言うと同時に血の気が引いた。

「少々お待ち下さい！」と言って慌てて事務所に走って行った。

「楠木か、課長！　た、大変です！！」

「どうしたの？　青白い顔をして？」

「で、でたー出たのですよ！」

「何が出たの？　まだゴキブリはいないでしょう？」

「ち、違いますよ！　む、村本さんが出たのですよ！」

「何が？　何の事なの？　落ち着きなさい！」

「き、昨日の変な男の言った村本さんですよ！」

「ガレージの屋根の？」

「はい！」

「風呂が小さい？」

「そうです！」

少し考えて「お嬢さんがいらっしゃる人？」

「はい！　二人、学生さんですがね！」

「幾つ位？」

「大学生の麻里子さんと中学生の誠子さんです」

「じゃあ、昨日の男性の彼女はその大学生の方ね！　既に結婚の約束をされているのよ！　先に見に来てしまったのよ！　昨日の話がとんちんかんだと思ったわ！」

話が理解出来たと思うと、楠木課長は購入されると踏んで森と一緒に戻って挨拶をしようと考えた。

「今回はご購入ありがとうございます！　私この現場の責任者の楠木と申します！」と深々と頭を下げた。

「えっ、私達まだ買うと決めていませんよ！」里子が楠木に言う。

省三は子供達と二階の部屋を見ている。

勝彦と誠子は「ここが私の部屋！」「俺がこの部屋だ！」と取り合いを始めている。

目を細めて省三は「麻里子が結婚したら、部屋はひとつ空くぞ！」

「お父さん！　私は結婚なんてまだまだ先よ！」笑いながら言う麻里子。

その声を聞いて楠木が「婚約者の方が昨日お見えになりましたが、結婚はまだ先になるのですか？」と尋ねた。

「婚約者？」声が裏返る省三は。階段から転げ落ちそうになった。

「わ、私の婚約者ですか？」遅れて降りて来た麻里子も驚いて言った。

「はい！　違うのでしょうか？」

「違いますよ！　麻里子はまだ大学一年生ですよ！　結婚なんて考える筈もありませんわ！」里子も否定した。

結局、楠木は変だと思いながらも意外と話が進んで契約まで行くことになった。省三が、誰か他の人が買うかも知れないと思って、その場で仮契約を決めたのだ。

十九話

楠木課長が「昨日の男は何者なの？」不思議そうな顔で尋ねた。

「名前を聞いていませんでしたね！　でもその男は確かに村本省三さんって言いましたよ！」

「でも一軒売れた事は間違いないわね？」

「来週印鑑等を持って正式に契約すると言いましたので間違いございません！」

二人は一軒売れた事を喜んだが、昨日の男は誰なのだろうと心の中では気になっていた。


恭一は返して貰ったノートにその後思い出した事柄を少しずつ書き加えていた。そのノートに昔書かれた重大な日が近づいていた。それは祖父長吉の死だった。結婚式では、孫娘真奈美の晴れ姿に喜び、酒をぐいぐい飲んで「めでたい、めでたい」を連発していた長吉。しかしその後、恭介が感染して来た風邪がうつり身体を壊した。九十歳を超えた長吉は、毎日家で過ごす様になり、真奈美の結婚式を境に外出が極端に減っていた。中々容態が回復しない長吉は近所の内科の先生に往診を依頼した。診察をした医師の話では風邪で身体が弱っているだけとの診断だったが、その数日後容態が急変して亡くなってしまった。肺炎を併発したのだ。恭一と真奈美は結婚式の前から長吉が亡くなる日の事を知っていたので、それ程の動揺は祖母りく程では無かった。祖父長吉の葬儀は自宅では無く、寺を借りて執り行った。

孫たちも社会人になったのと、恭介が村の役もしていたので、弔問客が増えると予想され、自宅では手狭と考えたからだ。事実恭一の上司も葬儀に遠方から二人も列席していた。

長吉の葬儀も終わり落ち着いた頃、恭一は建売住宅をもう一度見に行こうと思い立った。既に以前行った時から二か月が経過していた。今月初めに村本一家は大阪の和泉市から引っ越して、片付けも終わり漸く落ち着いた時だった。恭一が土曜日の午後車で到着すると、スカイ住宅の展示兼事務所の改造工事が行われていて、横には完売御礼の垂れ幕が風に揺れていた。

駐車場は既に撤去されて、そこに公園を作る施工が始まっていた。仕方なく恭一は、元事務所にしていた建売住宅の駐車場に車を入れた。

恭一を見た工務店の人が「この家を買われた方？　後十日位で完成です！　気になるところがあれば何でもおっしゃって下さい！　今なら直せますよ！」と愛想良く言った。

「別にありません！　ご近所の方を……」

「ああ！　引っ越しの挨拶の準備ですか？」

そう言われて恭一は愛想よく頷いた。

工務店の人は俺がここの家を買った人だと思っているのか？　取り敢えず駐車場が無いので停車させて、ゆっくりとA－十の家に向かって歩いた。表札に村本と書かれていなかったら？　どうしよう？　家が近づくと異常に心臓の音が徐々に高鳴る恭一。一九七八年の世界でこの場所に麻里子が引っ越していなければ、自分がタイムスリップしている事が否定される。

僅かな距離が異常に遠く感じる。目を細めると表札が小さく見えた。家族の名前が書かれた表札の様だ。恭一は高鳴る胸を押さえながら表札を覗き込んだ。

「村本！　村本だ！　間違い無い！」小躍りする程喜ぶ恭一。

その様子を二階の窓から妹の誠子が見て「お母さん！　変なセールスの人が玄関先で表札見てチェックしているわよ！　鍵を掛けて！」と一階に向かって大きな声で叫んだ。

「こんな新築の家にセールスが来る？」

「家の周りを移動しているよ！　ガレージの方に歩いて行ったわ！」

屋根だけのガレージには今は車が置かれていないが、誠子は変な行動をする恭一を二階の窓から追っていた。

「ここが折れて飛んだのだな！　細い鉄パイプだから風を支えきれなかったのか？」

支柱を下から上に手で確かめる恭一。

「変な人だわ！　ガレージの支柱を下から上に触っているわ！」

「もう直ぐお姉ちゃんとお父さんが帰って来るから、何か売りつけられるかも知れないわね！」

この時代は携帯も無く、家族に連絡する術が無い里子はスカイ住宅の担当者の名刺を取り出して電話をする事にした。

電話に出た楠木課長に「今怪しい人が来て、ガレージを見ています！　もしかしてガレージのセールスでしょうか？　押し売りかも？」と里子が言った。

「ガレージのセールス？　ガレージをもう少し良い物に変えろとかでしょうか……ちょうど仕事でそちらに行く予定がありますので、私達が対応します！　今から十五分程で参ります。それまでに帰る様なら会社の名前を聞いて下さい！」楠木課長は里子にその様に伝えた。備え付けのガレージは雨露が自動車に直接当たらないように屋根があるだけの簡易な造りになっていたことを楠木課長は気にしていた。里子も今の車を新車に買い替える時、もう少し良いガレージの方が良いと、省三に文句を言っていたこともあったのだ。

「森君！　押し売りが来ているみたいだわ！」

「何の押し売りですか？」

「ガレージらしいわ！」

「経費を抑える為に簡易のガレージを設置したので、早くも目を付けられたのですね！」

「仕方がないわ！　頑丈な扉付きなら相当高くなるし、場所も必要だから小さな庭も無くなるのよ！」

「猫の額くらいの庭でもあるのと無いのとでは見栄えが違いますからね！」

そう言いながら二人は車に乗り込んで村本家に向かった。

里子は玄関から出て「あの？　どちら様でしょうか？」ガレージを見ている恭一に声を掛けた。

「あっ、お母さん！」咄嗟に口から出た恭一。

二十話

「えっ、な、何？」お母さんと言われて驚く里子。

「すみません！　つい癖で……」そう言って頭を掻いた恭一。

「どう言う意味なの？　ガレージを売りに来られたのでしょう？」

「あっ、このガレージ台風で飛びますよ！」

「見てくださいよ、この家買ってまだ一か月なのよ！　ガレージを新しくする気はありませんせん！」

「お母さん！　でも飛んでからでは遅いですよ！」

「やめて頂戴！　貴方にお母さんって呼ばれたら気味が悪いわ！」

「すみません！　麻里子のお母さんですから、癖ですみません！」

「麻里子？　人の娘を呼び捨てにしないで頂戴、貴方！　娘とどの様な関係なの？」

「結婚していました！　あっ、違った！　結婚するのです！」

「結婚！　娘と？　娘が誰かとお付き合いしている話は聞いた事ないわ！　どなたかと間違っていませんか？」

「お父様は省三さんで、弟さんが勝彦君、妹さんが誠子さんでしょう？」

「た……確かにそうだけれど、貴方はガレージを売りに来た人ではないの？」

「違いますよ！　麻里子に会いに来たのですよ！」

「お付き合いをされているのですか？」

「はい！　一九八二年の十月に結婚します！」

「麻里子が二十三歳になった時？」年齢から計算して答える里子。

「今日はお出かけですか？」

「もう直ぐ帰ると思いますが、本当なの？　二人で結婚の日にちまで決めているの？」

里子には恭一の話を俄かには信じられないが、その後恭一から麻里子の生年月日、小学校から大学までの学校名を聞かされると、この事実を信じざるを得なかった。その時、家の中から誠子が出て来て「お父さんから電話があって、他に買い物があるから、もう少し遅くなるって」そう言いながら恭一に気付いて軽く会釈をした。

「誠子さんですね！　将来は大森誠子さん！　会計事務所勤務のご主人と結婚された」

「えーーお母さん！　この人変！　気持ち悪い！」そう言って里子の背中に隠れる。

「お名前は？」

「申し遅れました。蓬莱恭一と申します。商社勤めをしています！」そう言って頭を下げた。

「この方は麻里子とお付き合いをしているそうです！　結婚の約束もしていると言われているのよ！」

「えーー嘘！　お姉ちゃんに男の人？　嘘でしょう？　聞いた事無い！」驚く誠子。

「本当に麻里子とお付き合いをしている証拠を見せて！　学校とかは調べれば判るわ！」

「うーん！」考え込む恭一。

「ほら、嘘だわ！」

「あっ、思い出しました！　背中の右の肩甲骨の横に黒子が三個並んでいますよね！」

「………」

「………」

その言葉に絶句してしまった二人。

背中のその様な場所の黒子を知っている関係？　中学生の誠子は顔を真っ赤にして「ほ、ん、と……」と口籠る。

その時、到着したスカイ住宅の車が家に近づいて来た。

「あっ、あの男ですよ！」恭一を見つけた森が指差した。

「見覚えがあるわ！　あの人ガレージのセールスマンなの？」

車を止めて降りた森がいきなり「変な事を言ってガレージを売らないで貰えませんか？」と言った。

「ちょっと待って下さい！　私はガレージのセールスではありませんよ！」と恭一が言う。

慌てて里子が「違う様です！　上の娘がお付き合いをしている方でした！」と話に割り込んだ。

「お嬢さんの？　まだ村本さんが買われていない時に来て……」

「えっ、私達が購入前からここに来られたのですか？」

「そうですよ！　村本さんのお宅はA－十だと言って来られましたよね！」

「い、いや、それは……」と言葉に詰まった恭一は「また、麻里子さんがいらっしゃる時に来ます！」と言い残して自分の車に走って向かった。

「なんなの？」里子が怪訝な顔で言った。

私たちが家を買う前に来て、村本さんのお宅はA－十だと言った？　仮契約をしたが、それもなり行きで買ったのに、家を買うことを前から知っていた？　不思議に思うが麻里子とは只ならぬ関係の男だ。「名前は蓬莱恭一って名乗りました。商社に勤めているとも話していました」と里子が楠木課長に説明して、走り去る車を見ながら「変な人ではない様に見えましたが？」と言った。

森が「一応ナンバー控えて置きました！」と言って楠木課長が「また何か有れば対処致します！」と話して、二人はそのまま改装中の家の方に向かった。


「お母さん！　お姉ちゃん、あの男の人と付き合っているのよね！」

「そ、そうなるね！」

「だってお風呂に入らないとあの黒子見えないわ！」

「プールでも判るわ！」里子は無理にでも信じたく無かった。

大学に今年入学したばかりなのに、彼氏と深い関係になっている事が信じられなかったのだ。


夕方何事も無かった様に、省三と麻里子が帰宅した。沢山の荷物をトランクに詰めていたので「誠子！　荷物降ろすのを手伝って！」玄関の扉を開いて叫んだ麻里子。にやにやしながら出て来た誠子が「昼間彼氏が来たわよ！」と小声で言った。

「誠子！　彼氏を自宅に呼んだの？　おませな中学生ね！」笑顔で答える麻里子。

「私じゃないよ！　お姉―の彼氏！」

「私の？」声が裏返る麻里子。

「そうよ！　あの彼氏と深い関係だってね！」

「それ誰の事よ！　知らないわよ！　中学の子が深い関係って、怖い話をするのね！」

「名前はね！　蓬莱恭一って商社に勤めている人よ！　事前にお母さんに話して置かないと、急に来ると誰でも驚くわよ！」

「何の話なの？　そんな人知らないわよ！」と言った時、省三が怖い顔をして「麻里子！　男と付き合っているらしいな！　蓬莱って男性と結婚の約束までしているそうじゃないか？」

「ちょっと待ってよ！　私知らないわ！　蓬莱って人は身に覚えが無いわ！」戸惑う麻里子。

二十一話

買い物の荷物を車から降ろすと居間に集まる両親と誠子。遅れて入って来た麻里子に「本当の事を言いなさい！　蓬莱って人と深い関係になっているの？」

「深い関係って何よ！」

「蓬莱って人がね！　お姉ちゃんの背中の黒子の事を話したのよ！」

「えー私の背中を見たの？」

「見たの？　じゃないだろう！　見せたのだろう？」怒る省三。

「誠子は部屋に行きなさい！　子供の聞く話じゃない！」誠子も八つ当たりで叱られて居間を追い出された。

「その人お医者さんなの？」自分の背中を見た男って医者だと思う麻里子。

「違います！　商社に勤めていると話しました！」里子が鬼の首でも取った様に言った。

「だって、本当に知らないのよ！　本当に彼氏なら堂々と言うわ！　隠さないわよ！　家まで押しかけて来たのに隠せないでしょう？」

「うーん！」考え込む省三。

「スカイ住宅の課長さんが車のナンバーを控えているらしいから、住所を調べて貰いましょう！」里子も麻里子の性格を知っているので、この様な状況で嘘はつかないと信じていた。

　一旦は話を終わる三人だが、省三は大学に通う娘に不安を持ってしまった。変なストーカーに狙われていると思ったのは里子と本人の麻里子だった。

翌日里子と省三はスカイ住宅を尋ねて、ナンバーから持ち主の住所を調べて欲しいと申し出た。すると楠木課長が「変な話なのですが、警察で書き留めた筈のナンバーを調べて貰ったのですが、該当の無いナンバーだったのです！」

「えっ！」

「実は昨日警察に問い合わせていたのです！　今朝になって桁数が存在していないと言われました！」

「自衛隊とかのナンバーの様な事ですか？」

「違う様です！　存在しない五五〇－八三八二とかのナンバーなのです！」

三人は意味不明の車に乗った蓬莱恭一が不気味に思えて、話はそれ以上進まなかった。この控えたナンバーが二〇二二年の物になっていたのだ。

一方の恭一は翌日の午後、奥田叔母さんの鉄工所を尋ねた。既に引っ越して来た麻里子の事を知っている筈だと思ったからだ。

「恭一君！　どうしたのかな？」夫の太一が突然訪れた恭一に驚いて尋ねた。

「叔父さん！村本省三さんってご存じですよね！」

「村本省三さん？」しばらく考えて「どちらの？」

「隣町のスカイ住宅の建売住宅に引っ越して来られた方ですよ！」

「知らないが、その人が何か？」

「叔父さんがご存じなければ、叔母さんでしょうかね！」

自宅の方に歩きながら「その人を知っていたらどうするのだ？」と聞いた。

「もしご存じなら、正式に僕を紹介して欲しいのですよ！　いきなり行っても変な顔されますからね！」

しばらくして政子が奥から出て来て「お前！　村本省三さんって知っているか？」

「村本、村本……どこかで聞いた様な気がするけれど……」考え込む。

「隣町のスカイ住宅らしい！」

「知らないわ！」

「そうですか！　ご存じありませんか？」落胆の表情になる恭一。

「あっ、思い出した！」

笑顔になった恭一に「恭ちゃんが子供の時に聞いた名前じゃないの？　今でも覚えているわ、自転車で走って来て村本さんって知り合いいませんか？　って聞いたわ！　その村本さんが見つかったの？」

「見つかりましたが、僕の事は知りません！　だから叔母さんがご存じかと思って……」

「誰なの？　その村本さんって？」

「義理のお父さんになる方です！」

「えーー」

　この時二人は恭一が村本さんの娘に片思いをしていて、自分達の知り合いなら仲を取り持って欲しいとやって来たのだと思った。

「もし誰かの紹介とかで知り合ったら、直ぐに連絡するから焦らずに待ちなさい！」

「そうよ！　焦りは禁物よ！　変に彼女の近くをうろうろして訴えられたりしたら大変な事になるわよ！」

「はい！　その時はよろしくお願いします！」と力なく肩を落として帰って行った恭一。

　その姿を見た二人は「相当重症だな！」と話した。


　恭一も変に自宅に行って警察でも呼ばれたら、大変な事になってしまうと思い、行くのを自重することにした。だが思いは日々募っていった。自分がいつまでこの時代に生きているのか？　また何処かの時代に飛ぶのか？　それとも元の時代に戻って亡くなってしまう？　のかと不安になった。そうなれば妻麻里子と一度も話さずに、永遠の別れを迎える！　それも耐えられないと思う。何処かで偶然を装って出会うには？　麻里子が大学に登校する時？　しかし、自分も仕事があるので自由になるのは土日しかない。その様な事を考えているうちに、月日は経過してこの時代に来て半年以上が過ぎ去った。一九七九年初夏、恭一は我慢が出来なくなって有給を取って、一か八か当たって見ようと早朝から村本の家に向かった。

その日は麻里子の誕生日だった。

今日麻里子は二十歳の誕生日、自分は既に二十七歳で直ぐに二十八歳の誕生日を迎える。でも平日だから学校に行くかも知れないので、偶然を装って出会えないかと思い、何かの口実を探そうとした。取り敢えず建売住宅入り口のごみの集積場の僅かな場所に車を止める。ごみの日以外は一台分の空間がある。スカイ住宅の建売に入るにはこの角を入らなければ何処にも行く事は出来ない。時計を見ると七時過ぎで、そろそろ仕事とか学校に行く人達が自宅を出て来る。車の位置からは村本家の玄関は全く見えない角度である。自転車に乗って角を曲がって来た高校生の顔に恭一の目が記憶を蘇らせた。

「勝彦君だ！」何か嬉しい気分に成って、目の前を通り過ぎる時に手を振りそうになった。

二十二話

勝彦が通り過ぎると間を置かずに車が路地から曲がって接近して来た。助手席にあの麻里子が若々しい姿で乗っているのが見える。省三の運転で一緒に出掛ける様で、直ぐに恭一も車を動かして後を追った。

建売住宅地から幹線道路に出ると、車は駅の方向に向かっているのが判る。お父さんが駅まで麻里子を送ってから会社に行くのだろう？　転勤で自宅から半時間ほどの工場に勤めている筈だ。八時の就業時間には充分間に合うと時計を見る恭一。追い抜いて先に駅前のパーキングに車を駐車する事を考えて急いだ。

駅前パーキングに車を駐車して駅に向かう時、省三の運転した車が駅前ロータリーに入って麻里子を降ろした。麻里子はポニーテールの髪型で、ワンピース姿が若々しい。

（久しぶり！　僕と会うのはまだ先だけれど、初めて会った時より可愛いよ！）頭の中でそう呟くと近づいて行く恭一。その時、恭一の横から「麻里子！　おはよう！　それから誕生日おめでとう！」と声がした。恭一が振り返ると、そこには友人の大島久子の姿があった。

結婚式にも一番の友人として列席していた。結婚後も何度か会った記憶が蘇る。

交通事故で麻里子が亡くなった時、一番に駆け付けてくれて、涙が止まらなかった情景が蘇った。

その光景を思い出した恭一は思わず涙が溢れて流れた。それはまるで麻里子に自分の泣き顔を見せる様なタイミングになってしまった。

「どうされたのですか？」麻里子が恭一の涙顔に驚いて声を発した瞬間だった。

「な、何でも有りません！」恭一が初めて麻里子に発した言葉だった。

「でも……」

その様子に驚いた久子が「涙が……」そう言って絶句する。

「これをお使い下さい！」麻里子が自分のハンカチを差し出した。

「私達電車の時間がありますので、失礼します！　お大事に！」そう言って立ち去ろうとした。

「ありがとうございます！」ハンカチで涙を拭きながら後ろ姿にお礼を言った恭一。

振り返りながら軽く会釈をして駅に向かう二人。偶然の思い出が涙を誘って、考えられない再会を演出してしまった。（麻里子は優しい人だ！　見ず知らずの俺に……）

退職の日に交通事故で亡くなった麻里子を……今、生きている麻里子に会えた。その思いは再び恭一の涙を誘って、近くのベンチに座り込むと涙が止まらなくなった。本当は電車の中まで一緒に付いて行く予定にしていたが、全く関係のない出来事で終わってしまった。

「先程の男の人変だったわね！　麻里子が急にハンカチを差し出したので驚いたわ！」

「だって……私の顔を見て急に泣き出したから驚いてしまって、思わずハンカチを出してしまったわ！」

「今日誕生日でしょう？　朝から変な物を見てしまったわね！」

「う、うん！」先程の光景を思い出す麻里子。

「少し前も変な話をしていたわよね！」

「何の話？」

「引っ越した頃に婚約者が家に来たって話よ！」

「あれは間違えて来たのよ！　あれから何も無いからね！　私も身に覚えが無いのよ！」

「ストーカーかも知れないわよ！」

「怖い事言わないでよ！　でも随分時間が経過したから、私は人違いだったと思っているのよ！」

「今日は良い日になると良いわね！」

「二十歳の誕生日だからね！」

お互いが先程の光景を思い出しながら、車内が満員になって会話を止めた。

恭一はしばらくベンチで思い出した昔を懐かしむと、麻里子に貰ったハンカチを洗って誕生日プレゼントと一緒に返す事を思いついた。自宅に戻るとハンカチを自分で手洗いをして、アイロンを出して来ると一生懸命乾かし始めた。偶然母も外出していたので、変な言い訳を考えずに済んだ。（麻里子は人形が好きだったな！　古ぼけた人形を大事そうに飾っていた！）恭一はそのまま食事も兼ねて駅前のデパートに行くと、麻里子が好きだった人形を探した。人形売り場に行くと、目の前のショーケースに麻里子の持っていたのと同じフランス人形を見つけた。店員にプレゼント用に包装して貰うと、ハンカチ売り場に向かい買い求める。袋に人形とハンカチを入れてデパートを出て来たが、どの様にして渡すかを考えていなかった恭一。有給で休んでいるから、時間はある。今の時間からベンチで待つか？　幸いベンチで座っている人は多くない。幸いそれ程暑くないので、ベンチに座っていても心地良い。

恭一にはいつ自分が今の世から消えてしまうか判らない不安があった。一度目の一九六三年の時はそれ程考えていなかったが、二度目のタイムスリップで再び移動する不安が大きくなっていた。話し相手の真奈美が結婚したので、そう度々会う事は出来ない。自分の正直な話を聞けるのは真奈美だけなのだ。

一度目は祖母のりくの死、二度目は祖父の長吉の死だったので、次にタイムスリップすると親父かな？　すると二〇一五年？　に飛ぶのか？　その様な事を考えながら駅から出て来る人を見ている恭一。この前のタイムスリップが九月に移動して翌年の十月だったので、今回も同じならそれ程時間的な余裕は無い事になる。その時「もしもし、君はここに長時間座っているらしいね！」と声を掛けられて我に返ると、そこには警察官の姿があった。

「何をしているのだね！」職務質問をされた。

「はい！　人を待っています！　朝大変お世話になった女性にお礼がしたいのですが、名前も住所も判らないので帰りを待っています」

「帰って来るのは間違い無いのか？」

「はい！　女子大生ですから、夕方までには帰ると思っています！」

結局恭一は免許証の提示を求められて、警官に差し出す。

警官は住所と名前を手帳に転記して「変な事をすると逮捕されるから、気を付ける様に！」そう言って立ち去ったが、陰から時折監視をしていた。

二十三話

恭一は麻里子に本名を名乗ると、以前の経緯があるので問題になると考えていた。架空の名前を名乗ってお礼を渡す方が絶対に良いと、河野豊と名乗ろうと咄嗟に適当な名前が浮かんだ。今勤めている同僚の名前を二人合わせたのだが、彼女が会う事は皆無なので使わせて貰う事にした。警官が時々恭一を遠くから見ているのは全く知らない。その警官に免許証の問い合わせが帰ってきて、身元に問題はなかったので一応警官は一安心をしていた。

しばらくして待望の麻里子が大島久子と一緒に駅から出て来た。（お帰りなさい！）心で呟くと二人の歩いて来る方に向かった。

勇気を出して「お帰りなさい！」笑顔で会釈をした恭一に、二人は驚いた。

多分一人なら話もせずに逃げ去るかも知れないが、二人なので心強い麻里子達。

「貴方は？」久子が先に口走った。

「今朝は本当にありがとうございました！　急に涙が出て止まらなくて変な……これ貸していただいたハンカチです！」と差し出す恭一。

「返して頂かなくても宜しいのに……」困り顔の麻里子。

「実は貴女が亡くなった妻にそっくりだったので……」

「えっ！　奥様に……」益々驚いた顔になった麻里子と久子。

「これは気持ちです！　お受け取り下さい！」

デパートの紙袋を差し出した恭一。

「その様な物を頂けません！」

「私の妻が好きだったフランス人形なのです！　是非貰って頂きたいのです！」と言って紙袋を押し付ける。

「いいえ、頂けません！」断る麻里子。

そのやり取りを通行の人々が怪訝な顔で見る。

久子が「そこの喫茶店に入りませんか？　見世物の様だから」そう言って強引に歩き出した。

麻里子もこの様な場所で押し問答も困るので、久子の言葉に従う事にした。

「亡くなった奥様に麻里子が似ていて？」久子が喫茶店の席に座ると同時に言った。

「そうです！　余りにも瓜二つだったので思わず泣いてしまいました！」

「奥様はお若い方でしょうが、病気ですか？」

「暴走運転の車による交通事故でした！　私が仕事から帰る時……」涙声になる恭一。

「………」

「………」二人は返す言葉がなく絶句した。

麻里子の事を話している恭一は自然と涙が零れてしまう。ポケットからハンカチを取り出して涙を拭う姿に心を打たれる二人。こんなに若いのに愛する妻が交通事故で亡くなられて、その奥様に麻里子が瓜二つの姿形なら無理もないと思う。

「この人形は妻が好きだったので、もしかしてあなたも好きかと思いまして、出来ましたら自宅に置いて下さると妻も喜ぶと思います」

「奥様の好きな人形なのですか？」

「はい！　昔から大事にしていました！　確か結婚する前から持って居たと思います！　これは同じタイプの新品です」そう言いながら袋から取り出す恭一。

そこに喫茶店の店員が水を運んで来て「可愛い人形ですね！」と笑顔で言った。

すると急に「可愛い人形ですね！　本当に貰っても宜しいのですか？」麻里子が人形を見ながら言う。

「えっ、貰って頂けますか？　ありがとうございます！　妻も喜ぶと思います！」

「その奥様のお人形はどうされたのですか？」

「はい！　妻が大事にしていましたので、棺の中に一緒に入れてあげました！」

「そ……」言葉が詰まって涙ぐむ麻里子。

「悲しい話ですね！　私達も胸が痛くなります！」久子が麻里子に代わって言った。

恭一の年齢から察すると暴走運転の車に引き殺された奥様が、自分達とそれ程変わらない年齢だと思うと一層胸が痛んだ。

しばらくしてコーヒーが運ばれて来て、恭一は袋に人形を戻しその袋を麻里子に手渡した。

「ありがとうございます！　大事に飾らせて頂きます！」

「あっ、まだ名前を名乗って居ませんでしたね！　私は河野豊と申します！　役所に勤めています」

出鱈目の名前と職業を言った。役所は弟の昭二に聞いているので多少は判ったからだ。

「私は村本麻里子、彼女は親友の大島久子さん！　女子大学生です！」笑顔になって教える麻里子。恭一は自分の様に嘘は言っていない事で嬉しくなった。

「この様な高価な人形頂いても本当に宜しいのでしょうか？」

「はい！　妻も喜ぶと思いますので、大事に飾って下さい！」

その後はコーヒーを飲みながら話が弾む。麻里子は何故か河野豊が自分の好みを言い当てるので驚いてしまった。

「食べ物は判らないでしょう？」麻里子が微笑みながら答えを待つ。

しばらく考える振りをして「麻里子さんの好きな食べ物はお寿司でしょう？　それも紫蘇巻が一番好き！」

「えーーーーーー嘘！　何故判るの？　信じられない！」驚きながら微笑む麻里子。麻里子の紫蘇巻好きには秘密があったが、お互いにそれは知らなかった。

「本当よ！　紫蘇巻ってそれ程有名じゃないのに！　何故判るの！」久子も驚く。

「久子さんは生姜が苦手でしょう?」

「嘘！　何故そんな事が判るの?　怖い！」

「そうなのよ！　久子は生姜がお寿司の横に在るだけで、食べないのよ！」そう言って笑う明るい麻里子。

その姿を見て恭一は神に感謝したい気持ちになっていた。

タイムスリップであの日何も話せずに亡くなった麻里子に、今会えた嬉しさは本当に何物にも代えがたい幸せだった。

「本当にありがとうございました！　私の苦しみを癒やして頂いて本当にありがとう！」

しばらく話して別れる時に何度も、何度もありがとうを繰り返す恭一。麻里子は何か連絡方法を聞かなければと思ったが、言葉が出て来ない。すると恭一が「また会いたくなったら、駅の伝言板に書きますのでお願いします！」

二〇二二年の世界ならメール、ＬＩＮＥ、携帯番号だが自宅の電話番号を教えられない恭一には方法が限られていたのだ。

二十四話

「麻里子！　野口五郎の私鉄沿線の歌の様な話ね！」

「改札口じゃないわ！　二番の歌詞ね！　伝言板よ！　麻里子って書くのかな？　恥ずかしい気分ね！」

「彼、一度結婚しているのよ！　哀れみだけではお付き合い出来ないわよ！」

二人は恭一の事を話しながら帰って行く。

「そんな事を考えて無いわ！　気の毒な人だと思っただけよ！」

「でもその人形二万以上するわよ！」

「そんなに高価なの？」

「一度あのデパートで見た事あるのよ！」

「今度会ったら奥様の写真を見せて貰おうかな？」

「麻里子！　また会うの？　本気にならないでよ！」笑う久子。

「何故私の事あれ程知っていたの？　絶対不思議よ！」

「そうよね！　最初の犬派、猫派は二択だから当たるけれど、紫蘇巻には参ったわ！」

「私の生姜嫌いも普通では判らない筈よ！」

「亡くなった奥さんの好みが一緒なのかも？　顔が似ている人は性格も似ているって言うでしょう？」

だが二人の心に恭一は哀れな男性として残っていた。

「伝言板に書くかな？」

伝言板とは？　『日本国有鉄道百年史』には、一九〇四年（明治三十七年）に東海道線の新橋駅をはじめとする八つの駅に、告知板という名称で伝言板が設置されたという記述がある。

また、前年の一九〇三年（明治三十六年）八月の読売新聞では、北越鉄道の四つの駅に伝言標という名称で伝言板が設置されたと報じられている。

伝言板という名称を最初に使用したのは一九〇六年（明治三十九年）に東武鉄道が設置したもので、戦後は国鉄でもこの名称が使用されるようになった。

個人間の待ち合わせの連絡用などとして利用されていたが、一九九六年頃に撤去する駅が相次いだ。

その要因として、携帯電話の普及による需要の減少や、いたずら書き（落書き）の多発などを挙げる指摘がある。いたずら抑制対策としては、チョーク・黒板消しを置かず、出札窓口で渡す方式もとられた。二〇二三年では伝言板を設置している駅は殆ど無い。

自宅に帰ると大事そうに箪笥の上にフランス人形を置いた麻里子。

母の里子が用事で部屋に入って来て「まあ！　綺麗なフランス人形ね！　お誕生日祝いに貰ったの？」

「二十歳の誕生日のお祝いなのかな？」笑顔で答える麻里子。

「嬉しそうね！　男の人に貰ったとか？」

「あたり‼」

「えー本当なの？　どんな人なの？　貴女が人形を好きって知っている人ね！」

「あっ、そうなのかな！　紫蘇巻が好きって知っていたわ！」

「貴女が紫蘇巻好きって知っている男性って、お父さんと勝彦くらいでしょう？」

「この人形をくれた人も知っていたのよ！　初めて会ったのに変な人だったわ！」

「初めて会った男性が人形を？　ストーカーって言う男じゃないの？」

麻里子は今朝の出来事を母に簡単に話した。

「それで貴女の帰りを待っていたの？」

「お礼がしたいのと、もう一度会いたかったらしいわ！」

「余程、奥さんを愛していたのね！　他人のそら似でしょう？」

「今度会ったら写真を見せて貰おうかな？」

「会う約束したの？　バツイチの男でしょう？」

「その様だけれど、バツイチって感じには見えなかったわ！　河野豊って名前だった！」

「変な人と付き合わないで頂戴ね！　お父さんには絶対にバツイチって言ったら駄目よ！」

「変な人じゃないわ！　絶対に優しい人だわ、あの様な場所で私を見て大泣き出来る人って心が綺麗な人よ！」

「まあ、奥さんに似ている麻里子を見て泣く人だから、子供の心は持っているわね！　でも暴走運転の車にひき殺された奥様は気の毒ね！」里子は自分の娘の話だとは思いもよらない。

　その後眠る前に袋の底に新しいハンカチを見つけて麻里子は「気が利く人ね！」そう言って高級なハンカチを手に取った。自分の安物のハンカチに比べると一目で高級品だと判る。

　麻里子はもう一度恭一に会いたいと思っていた。欠点は既に結婚していた事実がある事だが……その様な事を考えながら眠りに就いた。


　一方恭一は興奮して眠れなかった。何年振りだろう？　麻里子に会ったのは？　十年以上も前だと思うが、麻里子は若々しい姿だった。自分が知り合うよりも二年以上前の麻里子に巡り合えた喜びは最高だった。

もう一度会ったら、自分と結婚していたと話すか？　でもそんな変な話を言うと逃げ出してしまうなあ！　事故で亡くなる事を教える事は絶対に出来ない。一生不安で過ごす事になってしまう、このまま河野豊で押し通した方がお互いに幸せだ。眠れない夜を過ごすと、今度は自分がいつタイムスリップしてしまうか心配になる。麻里子ともう一度会いたい！　映画も見に行きたい。旅行にも行きたい！　と色々な夢が沸いて来て自然と笑みが零れる。

母の美代が「恭一！　昨日休んで変になったの？」朝食の時にそう言って笑う。

「真奈美が嫁に行ったから、今度は恭一が嫁を貰って孫の顔を見せてくれよ！　好きな女の子はいないのか？　昭二は役所に彼女が出来たらしいぞ！」恭介が冷やかす。

「えーあいつ早いな！　俺より先に結婚するのか？」と言ったが、実際は恭一が結婚して二年後に保育士さんと結婚する事は知っている。この三人が続けて亡くなる事も恭一には判っている事だ。二〇一五年、二〇一九年、そして二〇二〇年に昭二も亡くなる。自分も二〇二二年にコロナで完全隔離されて亡くなると思う。

「昨日休んだから、今日は残業もあるかも知れないよ！」と言って、張り切って家を出る恭一。近日中に伝言板に書いて麻里子さんとデートだ！　嬉しい恭一だった。

二十五話

早朝から駅に向かう恭一。

車で通勤の日もあるのだが、今朝は電車に乗る為に早く家を出る。駅は恭一の乗る駅と麻里子が乗る駅は一駅違うので会う事はないが、帰りに一駅乗り越して伝言板に書きたいのだ。

帰りが待ち遠しい恭一。(今度の日曜日、映画を見に行きませんか？　十一時に交番前でお待ちします！　人形のユタカ！)長い文章を書いた。

二〇二二年なら携帯電話で直ぐに連絡が出来るが、自宅に電話をする勇気はまだない恭一。何故か今でも麻里子の自宅の電話番号は覚えている。もう十年以上掛ける事も無いのだが、何故か覚えている自分がそこにいた。麻里子が亡くなる前から殆ど電話は掛けていないのに。

付き合い始めた頃は頻繁に電話を掛けたので、今でも覚えている。書き終えて本当に伝言板を読んでくれるのかな？　もしも読まなかったら待ちぼうけか？　そう思いながらまた上りの電車に乗り込み自宅に帰った恭一。

この時代の伝言板は満員御礼で、書く場所が無いと他人の伝言を消す人もいた。神の悪戯か？　恭一の伝言は長い文なので邪魔にされて翌日の朝には消されてしまった。楽しみにしていた麻里子の目に触れる事はなかった。金曜日の朝、期待に胸を膨らませて伝言板を見る麻里子は、一気に失望の顔に変わっていた。

土曜日も同じで、麻里子は何処にも連絡出来ない寂しさを噛みしめる。

そんな土曜日の夜、麻里子は久子の自宅に電話を掛けて「明日大阪まで買い物に行かない？」と誘った。

すると久子は「やっぱり、あのバツイチの人とは会わないのね！」いきなり言う。

「バツイチの人？」

「惚けて、人形を誕生日にくれた泣き虫よ！」

「ああ、あの人？　何でもないわよ！　バツイチの人と付き合わないわよ！」

「伝言板に書いたのに麻里子が行かないと、また泣き虫になるわね！」

「それって何の話？　私伝言板に何も書いてないわよ！」

「違うわよ！　泣き虫の彼が伝言板に書いていたでしょう？」

「何を？」

「明日十一時に駅前の交番の前で待ち合わせをして、映画を見に行こうって！」

「えっ、そんな事知らないわ！」

「私帰りが木曜の夜遅かったのよ！　その時読んだわよ！」

「ほんとうなの？」急に声が弾む麻里子。

「嘘を言ってどうなるのよ！　騙されたと思って明日行ってみたら？」

「本当に河野さん？」

「人形のユタカって書いてあったわ、まあユタカって沢山いるから間違いかも知れないけれどね！　人形のユタカだから可能性高いわよ！」

「そ、そうなのね！　大阪のデパートはまた次回ね！」

「判ったわよ！　でもバツイチだから慎重に付き合うのよ！」久子の声は既に麻里子の耳には聞こえていなかった。

　自分の顔を見てあんなに大粒の涙を流す人って信じられない気持ちが、人形と同時に心に残っていた麻里子。


「久子さんと何処かに行くの？」里子が電話を終わって上機嫌の麻里子に言った。

「う、うん！　映画を見に行くのよ！　何を着て行こうかな？」

「久子さんと映画に行くの？　随分と嬉しそうだけど？」

「えっ、そうでもないわ！」誤魔化す麻里子。

翌朝、妹の誠子が「お姉ちゃんしっかり化粧していたわ！　デート?」そう言って二階から下りて来た。里子はやはり男性と会うのだろう?　と省三に小声で言う。怖い顔する省三に「もう二十歳よ！　男性の影位なければ駄目でしょう?」と微笑みながら言う里子。

「行ってきます！」の明るい声が聞こえて玄関から自転車を出す麻里子。省三が送ってくれる日はバスで帰るが、日曜日は本数が少ないので自転車で駅に向かう。

「遅くならないようにね！」里子の声に「はーい！」と明るく返事が返った。

「上機嫌ね！」

「男が出来て上機嫌なのも考え物だ！」と機嫌が悪い省三。


一方の恭一も約束の半時間も前から駅前に来て、何度も大時計と腕時計を見比べている。伝言板の場合確かめる方法は電話しかないので不安が募る。（本当に読んでくれたかな?）時間が迫る度にバスの到着場の方向を見る恭一。腕時計に目を落とした恭一の横に「お待たせしました！」そう言って麻里子の笑顔が恭一の不安をかき消した。

「ほ、本当に来て頂けたのですね！」

「今日は泣かないで下さいよ！　恥ずかしいから！」微笑みながらからかう麻里子。

恭一には会った事がない時代の麻里子の姿だ。初めて会ったのは麻里子二十二歳、恭一三十歳の時で奥田の叔母さんが「可愛い子がいるのだけれど付き合って見る?」そう言って紹介された。初夏だった様な記憶が残っているが「まだ二十二歳の子でしょう? 僕は既に三十ですよ! 相手にされないでしょう?」

「まあ一度会って見れば、話が合えば歳の差なんて関係ないわよ!」

そう言って駅前の喫茶店で会ったのが最初だった。会った時の麻里子の驚いた顔を今でも覚えている恭一。初めてのデートでいきなり寿司を食べた記憶が蘇る恭一。

その時、麻里子は紫蘇巻を注文して美味しいと言って食べていた。

「山葵が……」そう言って涙を流した麻里子を思い出す恭一。


「食事を先にして、スーパーマンを観に行きたいと思っています!」

「話題の映画ですね! あの俳優さん素敵だと思っていたので嬉しいわ!」

二人は電車に乗って三ノ宮に向かう。電車の中では会話が進まない二人。

「寿司を食べに行きましょう! 美味しいお店知っているのですよ!」

寿寿司に入ると恭一は店員に真っ先に「紫蘇巻ありますよね!」と尋ねる。

不思議そうに思う麻里子は、何故いきなり紫蘇巻なの? と思った。紫蘇巻は好きだったが、それ程大好物にはなっていなかったからだ。

二十六話

麻里子は紫蘇巻が好きだった！

見合い後初めての食事の時も紫蘇巻を真っ先に頼んで美味しそうに食べていた。

その時の記憶が恭一には鮮明に残っていた。

時々仕事帰りに買って来た事も何度かあるが、不思議と一緒に食べに行ったのは初めての食事の時だけだった。


「どうですか？　美味しいでしょう？」

「はい、美味しいですね！」微笑みながら食べる麻里子は、豊さんは紫蘇巻が好きなのだと思っていた。

しばらくして食事が終わると「いい時間になりましたよ！　午後の上映まで後三十分程ですよ行きましょう！」

支払いを済ませて劇場の前に行くと、既に多くの人が行列を作っていた。

「まあ、凄い人ですね！　入れないかも知れませんね！」

不安そうに尋ねる麻里子。

「大丈夫ですよ！　行きましょう！」急に恭一は、麻里子の手を引っ張って劇場の入場口に行く。

恭一がポケットからチケットを取り差し出すと、係りの女性が「どうぞ！」と二人を通した。

「チケット買ってあったのですか？」

「はい！　貴女と行くのにこの様な混雑のした場所に立たせる訳にはいきませんからね！」

「えっ？」

「だって十二年振り……」恭一は十二年以上も会えていない麻里子とデートをしている気分になっていた。本当は四十年近く前の風景の再現だった。あの日もあの寿寿司で紫蘇巻を食べて、この映画館に二人で来た。映画はスーパーマンⅡで、こんなに混雑はなかったと記憶していた。初めてのデートで何故だか急に麻里子が映画を観たいと言ってこの劇場に来た記憶が蘇る。

「こんなに良い席を……」既に沢山の観客が座っているが、二人の席は一番観るのに絶好の場所にあった。

「いつ買われたのですか？　前売り？」前売りで買っても席は指定されていない筈と考える麻里子。（ひょっとして、朝一番に買いに？）心で驚く。

恭一はそれには答えず「あの席に先に座って待っていて下さい！　飲み物を買ってきます！ジュース？」と聞いてきた。

「あっ、はい！　オレンジをお願いします！」

恭一は売店に向かい麻里子は座席に座った。

周りはカップルで一杯になっているので、何故か照れくさい気分になった。男性と二人で映画を観に来たのは今回が初めてだったのだ。


映画が始まるが、恭一にとっては何度も観た作品だったので、新鮮味は全くなかった。蘇るのは麻里子と過ごした遠い昔の記憶だった。

「この映画が最初の作品だったのね！　私達が初めて見たのはⅡの方だったわね！」

レンタルビデオを借りて来て観た時に、麻里子はそう言ってテレビの画面を見ていた。

「紫蘇巻を食べてから映画館に入ったわね！」

「男性と映画を観に行った事、あの時までにあったのか？」

「うーん！　あったような、無かったような……変な気分ね！」

「何だ？　変な答えだな～」

奥の部屋で長男英治の泣き声が聞こえた。

「あっ、英治が目を覚ましたみたいだな！」

「止めて、後で観るから！」

「便利だな！　自宅で観ると何時でも観られるから」

「でも、映画館のあの雰囲気は良かったわ。座席指定の一番良い席！」

そう言って昔を思い出しながら奥の部屋に行く麻里子。

今恭一は、その当時の情景を思い出しながら映画を観ているが、既に涙でスクリーンがぼやけている。タイムスリップして、結婚する前の麻里子とデートを楽しめる事の不思議さと幸せを噛みしめていた。既に十二年以上前に亡くなっている麻里子の笑い声や仕草は信じられない程若く七十歳を超えた恭一の心の中には懐かしい感情が湧き上がっていた。

「どうされたの？」麻里子に恭一は泣き顔を見られてしまった。

「……」恭一は、恥ずかしくなり顔をそむけた。

「また奥様を思い出されたのですね」

ハンカチを出そうとした麻里子に、持っているからと自分のハンカチを取り出した恭一。

（本当に優しい人だわ！　朝早くこの席を買う為にここに来てから、待ち合わせの交番前に……）

この映画は人気があるので、早朝から通常より多い上映回数になっていたのは入り口に書かれていたから知っていた。

（奥様とも映画を観に来た事があるのだわ、だから思い出して泣いているのだわ）

（結婚されて直ぐに奥様を交通事故で………私が奥様に瓜二つなの？）

麻里子は自分も泣きそうになるのをこらえて、映画に集中する様に心掛けた。

映画が終わると「みんなが出てからゆっくり出ましょう」恭一はそう言って昔の事を思い出していた。

「奥様と一緒にここで？」

「はい！　観に来ましたよ！　紫蘇巻も食べました」

「あのお店で？」頷く恭一。

「私は奥様の代わり？」

「違います！　代わりではありませんよ！　絶対に違います！」ムキになって言う恭一。

「じゃあ、私を？」

「勿論です！　麻里子さんは一人ですよ！」

そう言い切った時、周りには誰もいなくなっていて二人は漸く席を立った。

麻里子の思いと恭一の思いは全く異なっていた。

恭一には、麻里子は一人で他にいる筈もないのだが、麻里子は複雑な心境だった。

麻里子は、亡くなった奥様の代わりに自分と付き合っていると思っていた。

だが、恭一の口から出る言葉は明らかに自分を好きだと言っている。

帰りの電車でも二人の会話は少なかった。

何を話せば理解してもらえるのか？　麻里子さん！　本当は僕の奥さんなのですよ！　未来の世界から貴女に会いに来たのですよ！　交通事故で亡くなる前に「ありがとう！」って言いたかった。

「えっ!?」驚いた麻里子。

恭一の口から「ありがとう」との言葉が麻里子に聞こえていた。

二十七話

早朝から自分の為に三ノ宮を往復してくれた事を麻里子は敢えて確かめなかった。

言葉にすると恭一の好意が消えてしまいそうな気がした。

駅を降りてから恭一は、麻里子をタクシーで送ろうと思ったが、麻里子は自転車に乗って来たと言って自転車置き場を指さした。

「河野さん！　今日は本当にありがとうございました！」お辞儀をする麻里子。

「また会って下さい！　僕がいる間に……」

「えっ？　何処かに行かれるのですか？」

「まだ決まっていませんが、行くかも知れないので……」

別れてから麻里子は、脳裏に残った恭一の最後の言葉に（どう言う意味だろう？）と考えながら自宅に戻った。

「麻里子！　久子さんから電話あったわよ！」母里子の言葉で現実に引き戻される。

「映画一緒じゃなかったの？」

「久子！　急用で来られなかったのよ！」

「麻里子、一人で映画を観て来たの？」

「そうよ！　スーパーマンを観て来たの！　満席だったわ！」

と誤魔化した。

久子に電話で「何故？　電話するのよ！」怒る麻里子。

「もう帰っている頃だと思って電話したのよ！　ついさっきよ！」

麻里子は母里子に上手く騙されたと思った。

「どうだったかな？　また泣いたでしょう？」

「うん！　映画を観て泣いていたわ！」

「泣くような映画を観たの？」

「スーパーマン！」

「泣く映画じゃないわね！　話題作ね！　満席だったでしょう？」

「カップル席に座って観たわ！」

「良く席あったわね！」

「河野さん朝から並んでくれたみたいなのよ！」

「じゃあ、三ノ宮を二往復したの？　凄いね！」

「麻里子に惚れているわね！　でも奥さんの代わりじゃね〜」

「そうらしいわ！」

「でも変な事を言ったわ、違います！　代わりではありませんよ！　絶対に違います！　麻里子さんは一人ですよ！　だって」

「それって、麻里子の事が好きって事ね！　間違い無いわね！」

「バツイチの男だよ！　駄目よ！」

「多分結婚してまだ一年も暮らして無いのよ、だから余計に悲しいのよ！　交通事故でしょう？　一瞬で亡くなられたのよね。本当に気の毒だわ！」

「私もそう思うけれど、両親が許さないわ！　私まだ大学二年よ！」

「直ぐに結婚って考えるから、苦しくなるのよ！　麻里子は彼を慰めるだけでいいのよ！」

「そ、そうか！　私お付き合いは結婚って考えていたから、気が楽になったわ！」

「そうでしょう？　だから身体の関係は駄目よ！　気を付けるのよ！」

「判った！　でも変な事を言ったのよ！」

「何を言ったの？」

「また会って下さい！　僕がいる間に……って言ったのよ！　どう云う意味だろう？」

「何処かに転勤するのかな？」

「役所でどんな仕事している人？」

「役所って以外仕事の内容まで聞いてないわ！」

「変に聞かない方が良いかも、仕事の事を尋ねると結婚と結びつくから触れない方が良いかも」

麻里子は久子の助言で気が楽になった。

河野豊さんの哀しみを癒やす役目をすれば良いのだ！　それなら別に仕事の事を聞く必要も無い。

恭一は、十二年程前に亡くなった妻麻里子の若々しい姿に感動して、自宅に帰っても気持ちの高ぶりが消えなかった。

身体は二十七歳でも気持ちは七十歳を超えている恭一。この様な体験が出来る事を神に感謝しながら、昼間の出来事を思い出して眠れない。だが、明日には元の君島総合病院に戻るかも知れない。もう少しこの世を楽しみたい（お願いですから、もうしばらくこの時代に置いて下さい！）と天に向かってお祈りをしている恭一だった。


翌朝、起きると一番に家族の顔を確かめて「まだ大丈夫だ！」と呟いた。

「今日も電車で行くよ！」と嬉しそうに言う。

「最近電車が増えたね！　何か楽しい事でもあるのかい？」

「別に何も無いよ！」

会社と反対の下りの電車に乗って麻里子の駅の伝言板に書く為に早く家を出る恭一。

周りの目を気にしながら（次の日曜日も九時に交番前で！　人形のユタカ）と書き記すと、上りの電車に飛び乗る。

少し早く家を出ても逆の電車に乗るので、会社に到着するとぎりぎりだ。

会社で「最近電車が多いですね！」

「車の調子が悪くて、中古車だからな！」

「えっ、あの車中古だったのですか？　新車買ったと二年前に言われていましたが？」

同僚に変な顔をされる。

事故以前の記憶は曖昧で、いつ車を買ったのかは、記憶には無かった。

（不便な時代だな！　伝言板を使う以外連絡をとる方法は無いのか？　自宅に電話すると変な事になる可能性が高いし、そうだ！　会った時に次の約束をしておけば良いのだ！）

しかし、次回確実に彼女が来る保障は全く無い。あの伝言版を読まないかも知れないし、他の誰かが消してしまうかも知れないと考えると不安が募る。そう考えると携帯電話は便利な道具だとつくづく思う。

心配になった恭一は、伝言板を確認する為に会社帰りにも麻里子の駅まで行く事にした。

だが、偶然は恐ろしい！

「お兄ちゃん！　降りないの？」急に声を掛けられて振り向くと、真奈美の笑顔がそこにあった。

二十八話

「お兄ちゃん！　私が声を掛けなかったら乗り越していたわね！」

「そ、そうだったな！」恭一は真奈美に言われて、仕方がなく電車を降りる。

「また遊びに行くって、お母さんに言っといてね！」

真奈美は隣町に住んでいるので、麻里子と同じ駅で降りるのだが、この時の二人は、未だ赤の他人だった。


真奈美も時々伝言板を読む時がある。面白い書き込みがあるので、楽しんでいた。

毎回、恭一からの伝言をわざわざ自転車で見に来ていたのは久子だった。

麻里子は、自分で伝言板を見るのが怖いので、久子に見に行ってもらい電話で伝えてと頼んでいたのだ。

「今日もお願い。伝言板を見てきて」

「なんで！　自分で見に行かないの？」

「久子の家から駅まで近いでしょう？　だから頼んでいるのよ！」

「麻里子、学校の行き帰りに見なかったの？」

「だって怖いじゃない？」

「何が怖いのよ！」

「何も書いてなかったら……」

電話で二人はそんな会話をした。それから一時間後に駅の伝言板に久子は向かった。

久子は（次の日曜日も九時に交番前で！　人形のユタカ）の書き込みを見つけて「間違い無いわね！」と言って、伝言板の文字を消した。

その様子を微笑ましく見ていた真奈美は、（大学生ね！　ユタカってきっと恋人ね）そう思っていた。まさかそれが自分の兄恭一の書き込みだとは思ってもいない。


久子から連絡をもらった麻里子は「何着て行こうかな？　もう暑いから半袖ね！」と上機嫌だ。

そんな麻里子を見て、妹の誠子が「お姉！　またデートに行くみたい！」と里子に言った。

里子は、誠子も中学三年生で男性に興味を持つ歳になったのだと目を細めるが、省三は「何！またデートだと、大丈夫だろうな！」と目くじらを立て怒った。

日曜日、デートの朝、目覚めてカーテンを開けると、絶好の天気で「気持ちの良い朝だわ」と言った。

そこに誠子が入って来て「お姉！　デートでご機嫌ね！」早速冷やかしに来た。

「お父さんを刺激しないでよ！　お土産買って来るから」

「お土産って？　何処に行くの？」

「知らないわよ！　伝言板には行先は書いてなかったわ！」

「相手の住所も電話番号も知らないいないなんて、変なの？」

麻里子は妹に豊の事を話して応援をしてもらおうと思っていた。なるべく沢山の応援がなければ、省三に押し切られて会えなくなるからだ。でも、豊がバツイチだということは誰にも言えなかった。

「写真、撮って来てよ！　私が批評してあげるから」そう言って小型のカメラを手渡す誠子。

「このカメラお父さんのでしょう？　勝手に使うと怒られるわよ！」

「写真が無いと判断出来ないでしょう？」

「誠子の彼氏じゃないでしょう？」と言いながらもカメラを押し付けられて麻里子は自転車で駅に向かった。

初夏の風が気持ち良く麻里子は髪を靡かせて自転車を漕いだ。

待ち合わせの時間より十五分程早く到着するが、前回は早朝から映画のチケットを買いに行く様な人だから既に着いて待っているかも？　と思いながら駅に近づくと待ち合わせの交番の横を目で探した。

「あっ！　もう来ている！」声が弾み麻里子は自転車置き場に直行し、待ち合わせ場所に急いだ。

「おはようございます！」お辞儀をしながら恭一に近づく麻里子。

「あっ、おはよう！　少し早いですね！」

「今から何処に連れて行って下さるの？」

「はい！　天気が良いので鳥取砂丘迄ドライブは如何ですか？」

「えっ、砂丘ですか？　一度も行った事ありません！　カメラを持って来て正解でした！」

「こんなに良い天気なら鳥取砂丘は気持ち良いですよ、さあ行きましょう」と言って駅前パーキングに向かう二人。

その姿を駅前清掃に商店街から借り出されていた真奈美が偶然見ていた。

「お兄ちゃん！　デート？」

真奈美には、気が付かずに恭一と麻里子は車に乗り込み、駅前を後に走り去った。

（まだ二度目のタイムスリップ中の様な感じがするな！　態々あの女性を連れて何処かに行くのだから、何か理由があるのだわ！　早めに色々聞いておきたいわ！）真奈美は直感した。

（もしかして、奥様？　巡り合えたの？）

十数年前のお兄ちゃんとの出来事を思い出しながら二人を見送っていた。

（あの人がノートに書いてあった麻里子さんだろうか？）真奈美は十数年間持っていた。タイムスリップしてきた恭一が消えてからは読めなくなったが、ノートの中に何度も登場していた麻里子の名前は記憶に残っていた。お兄ちゃんの奥さんだと思った。

「会えたのね！　お兄ちゃん！　良かったね！」真奈美の頬を涙が伝って落ちた。

だが、麻里子の顔をはっきりとは見えていなかった。


車が高速を走り始めると麻里子が、「播但道が福崎まで開通して早くなりましたね！　今は市川北まで行けるのですね！」

「中国道はあるけれど、横断する高速は、まだありませんね！」

「将来は鳥取まで二時間程で行ける様になるのですよ！」

「河野さんは未来の話が好きなのですか？」

「未来と言うより現実の話でしょうか？」

「漫画の様な世の中になるのですね!?」

「車が自動で走る時代が来ると思いますよ！」

「えー、それは嘘でしょう?」

「ほら、今でも」そう言ってハンドルから手を離す恭一に「きゃーー怖いわ！」とシートにしがみ付く麻里子。

「脅かさないで下さい！　私怖がりなのですよ！」

「麻里子さんとドライブに行けると思ってもいなかったな！」

「奥様の代わりですみません！」軽く会釈をして言う麻里子。

「違いますよ！　代わりではありません！　僕の奥さんです！　最愛の妻です！」

「………」恭一の言葉に顔が赤くなってしまった麻里子。

（会って二回目でいきなりプロポーズなの?）

二十九話

恭一の思わぬ言葉に麻里子の胸がドキドキした。

「気にしないで下さい！　僕の勝手な思い込みですから」

そう言われても先程の言葉は間違い無く、自分の奥さんになって欲しいと聞こえた。

「まだ、大学生ですから……」

「大丈夫ですよ！　卒業されてからですよ！」

（ほら、やっぱりプロポーズだった！）鼓動を打つ音が聞こえる程心臓が激しくに鳴った。

「すみません！　何処かで飲み物を……」

目の前に豊富パーキングの標識が見えて「タイミングが良いですね！」そう言ってウインカーを出す恭一。

駐車すると「先にお手洗いに行ってきます！」と小走りで向かった麻里子。

恭一は、自動販売機で飲み物を買い、麻里子を待った。

「いきなりだから、驚いたわ！」トイレで独り言を言って気持ちを落ち着かせた麻里子。

（亡くなった奥様に瓜二つだと言っても性急すぎるわよ！　卒業してからで良いと言われても……）

その様な事を考えながら車に戻ると「麻里子さんの好きなマンゴージュースがありましたよ！」と言われ、紙コップのジュースを差し出された。「な、何故？　マンゴージュース？」驚きながら紙コップを受け取った。

「お嫌いでしたか？」

「いいえ！　大好きです！　何故？　何故なの？　何故判るの？」

「麻里子さんの事は全て判りますよ！　だって、未来の僕の奥様ですからね！」そう言って微笑む恭一。

再び車に乗ると、麻里子の質問攻めが始まった。

「じゃあ、私の好きな色は？」

「青！」

「えー、嫌いな食べ物は？」

「らっきょ！」

「う、うそ——何処で調べたら判るの？　あっ久子に聞いたのね！」

「違いますよ！　将来の貴女の子供の数も判りますよ！」

「ほんとう？　何人？」

「男の子が二人！」

「これは、正解が分からないわ！　じゃあ、私の行きたい外国の国は？」

「うーん！」

「これは流石に判らないでしょうね！」

「国と違って場所なら判るよ！」

「国の方が大きいわよ！」

「ピラミッド、万里の長城、マチュピチュ、アンコールワット、モンサンミシェル」

「………」麻里子は飲みかけのジュースを一気に飲み干して、大きく息を吐いた。

「どうしたのですか？」

「もう聞くのを止めます！　これ以上聞くと頭が変になりそうです！」

恭一は、麻里子の遺体と一緒に置かれた手荷物の中に、旅行のパンフレットが数枚あったのを思い出していた。

それが五つの場所のパンフレットだったのだ。

結婚当初から将来旅行に一緒に行きたいと話していた麻里子。

懐石料理を食べながら旅行の話をするつもりだったのだろう。

「退職したら二人で旅行に行きましょう！」が亡くなる少し前からの口癖だった。

恭一は目頭が熱くなったが、必死で涙を堪えていた。

その横で麻里子は呆然として高速道路の先に視線を送っていた。

何故この人は私の事がこれ程正確に判るの？　と自問自答していた。

しばらく二人の沈黙が続くと、車は中国道に入って行った。

思い出した様に恭一が「今日はスラックスですね！行く場所知っていた様な服装ですね！」

「砂漠を歩くから？」

「違いますよ！　ラクダがいるので乗ってみては？」

「ラクダに？　馬なら一度乗りましたけれどラクダは……？」


鳥取砂丘（とっとりさきゅう）は、鳥取県鳥取市の日本海海岸に広がる広大な砂礫地で、代表的な海岸砂丘である。山陰海岸国立公園の特別保護地区に指定されており、南北二・四km、東西十六kmに広がる。一九五五年（昭和三十年）に国の天然記念物に選定された。大山と並んで鳥取県のシンボルの一つとされている。中国山地の花崗岩質の岩石が風化し、千代川によって日本海へ流されたあと、海岸に集まったものが砂丘の主な砂となっている。海中の砂を海岸に向けて流れ寄せる潮流と、海岸線に堆積した砂を内陸へ吹き込む卓越風の働きで形成された。砂丘自体は鳥取市福部町岩戸から鳥取市白兎にかけて千代川の東西に広がっているが、通常「鳥取砂丘」というと、千代川の東側の五四五haの「浜坂砂丘」を指す。砂丘によって海から切り離されて出来た湖である多鯰ヶ池がすぐ南東にある。最大高低差は九十ｍにもなり、すり鉢に似た形に大きく窪んだ「すりばち」と呼ばれる地形が作られており、特に大きなすりばち（「大すりばち」などと呼ばれる）は四十ｍの高さになる。すりばちの斜面には、流れるように砂が崩れ落ちた形が簾を連想させる砂簾（されん）などの模様や、風速五m－六m程度の風によって形作られる風紋（ふうもん）と呼ばれる筋状の模様が見られる。地表は常に乾燥している訳ではなく、すりばちの最深部には「オアシス」と呼ばれる地下水が湧き出している場所があり、浅い池を形作る時期もある。鳥取砂丘には、三本の砂丘列が日本海とほぼ平行に走っている。天然記念物に指定される前までは、陸側の砂丘列から数えて、第一、第二、第三砂丘列と呼称している。鳥取砂丘の周辺には「鳥取砂丘こどもの国」などの施設がある。観光地としての鳥取砂丘の入り口とされている場所には、レストハウスや土産物店が並んでいるほか、入口近辺では観光の一環としてラクダや馬が飼育されている。

近隣の小・中・高等学校の遠足の場や、広くハンググライダー、パラグライダーなどスカイスポーツの場としても利用されている。また砂丘の傾斜を利用し、全日本サンドボード選手権大会が行われている。夏の夜には海岸にイカ釣り船の漁火（いさりび）が見え、これも風物詩となっている。鳥取砂丘近隣の砂丘畑で栽培される白ねぎ、らっきょう、長いもは特産品である。また、テレビドラマやテレビＣＭなどで日本国外の砂漠を想定したシーンの撮影で費用節約のために鳥取砂丘が使われることもある。

三十話

砂丘に到着前に時計を見ると十二時を過ぎていたのでレストランに入った。

「高速道路が出来たら、二時間もかからずに来られるようになるのですよ！」

鳥取自動車道が開通すると本当に近くなるのだが、全線開通は令和三年の事だ。レストランから出て、砂丘の到着前になってやっと心の整理が出来た麻里子は急に話し始めた。

「ラクダに乗って砂丘を歩けるの？　月の砂漠の歌みたいですね！」

「記念撮影するだけですよ！　数年後には乗って歩いたりできると思うけれど、今は写真だけですね！」

「私カメラ持って来たので、沢山撮影しちゃいます！」

バッグからカメラを取り出して、早速車窓からの風景を撮影した。

しばらくして、砂丘の駐車場に車は停止した。

「『らくだや』って書いてありますね！」

「ここから砂丘迄直ぐですよ！」

本当にすぐそこに砂丘がありその入口に二人は立った。

「わあ――凄い！」

「天気が良いから遠くまで良く見えますね！　あそこがラクダと記念撮影するところだ！」

「行きましょう！」

ラクダの側に行くと近くで見るラクダは麻里子が思っていたよりも大きく「大きいわね！」と言う麻里子の腰は引けていた。

係りの人が記念撮影を勧めた。

「馬には乗れるみたいですね！」遠くに馬に乗って歩く観光客の姿が見える。

「このカメラで撮影しましょう！　ラクダに乗せてもらいなさい！」

「えー、怖いなぁ！」と言いながらも係りの人の手を借りて乗る気満々の麻里子。

その姿を見て、好奇心が旺盛だった麻里子の昔を思い出す恭一。

「専用のカメラ撮影と一緒なら自前のカメラでも撮影ＯＫですよ」とにこやかに答える。

上手く商売と結び付けている。

「高いわ！」と、ラクダに跨ると嬉しそうに言う麻里子。

係のカメラマンが二枚の写真を撮影した。一枚は麻里子がラクダに乗ったところ、もう一枚は横に恭一が立った写真。

恭一も麻里子のカメラでラクダに乗る麻里子の姿を数枚撮影した。

二人はその後、歩いて一番高くなった砂丘を目指した。途中、麻里子は恭一と交互にカメラで撮影した。ラクダ撮影と砂丘を歩いただけで二時間があっという間に過ぎていた。

「馬の背まで歩いたから疲れたでしょう？」

「全然よ！　だって若いもん！」そう言って微笑む。

時計を見て「他にも行きたいけれど、遅くなるからお土産を買って帰りましょうか？」と恭一が言う。

麻里子も残念そうな顔で「そうですね！　遅くなりますね！」

「お土産買いに行きましょう！」

土産物屋に入ると「半袖は失敗だったわ！　日焼けしちゃった！」自分の腕を見ながら言う。

「健康的で良いですよ！」

「来月は泳ぎに行きますか？」急に麻里子は来月のデートに誘った。

恭一は驚きながら「そ、そうですね！」

「小豆島か淡路島に行きたいわ！　久子達も誘って……」と言って躊躇いを見せる。

土産物店で一番人気の白兎の饅頭を二つ買って、ひとつを家族の方にと言って手渡す恭一。

「これを渡すと、家族に鳥取に行ったって判りますね！」そう言いながら嬉しそうに受け取る。

それから、家族に知られても良いと思ったのか、土産に落花生とか嫌いならっきょを買っていた。

　買い物を済ませると既に時間は三時を随分過ぎていた。

「急いで帰りましょう？」

「暗くなる前に着きますか？」

「微妙かな？　途中で自宅に電話をしますか？」

「様子を見てからにします」

　車に乗って駐車場を出る所で早くも渋滞で動かない。（オートマチックなら楽だけどなあ）恭一は久々の長距離運転でその上渋滞になり疲れると思った。ラジオを聞くと兵庫県南部に落雷警報が発令されたと伝えている。

「私達の住んでいる地域は大丈夫かしら？」

「兵庫県南部って言いましたね！　途中で雨になるかも知れませんね！」

　そう言った後二人は天気の事は忘れ、恭一の未来の話を麻里子は興味津々で聞いていた。

「数十年後携帯電話って便利な物が出来て、何処でも誰とでも話が出来る様になるのですよ！」

「う、うそー漫画みたいですね！」

「はい、その漫画みたいになるのですよ！　トイレでも電話ができる！」

「いゃーだ！」大げさに笑い転げる麻里子。

「防水の携帯電話も出来るから、お風呂で裸のまま電話が……」

「あっ、豊さん！　私の裸を想像したでしょう！　嫌い！」そう言ってはしゃぐ。

（二十歳の女の子だ！　箸が転んでも可笑しいって言うな！　麻里子にもこの様な時代があったのだ！）懐かしく目を細める恭一。

しばらく走って中国道に入る頃から天気が怪しくなって、黒い雲が急速に広がって来る。

「向こうの方に稲妻が見えましたよ！」麻里子が左前方を指さした。

「あっ、また光りましたね！」

福崎インターを出る頃、本当に雨が降り出して徐々に勢いが強くなった。車は徐行運転を余儀なくされて「駅から自転車で帰れるかなぁ？」

「難しいかも知れませんね！　家まで送りますよ！　自転車は明日にでも取りに行けば大丈夫でしょう？」

「そうですね！　もし雨なら送って下さる？」

「荷物もあるから、その方が良いと思いますよ！」

「あっ、そうでしたね！　お土産沢山買い過ぎました！　豊さんにも頂いたから荷物多くなりましたね」

その後も雷雨は二人の車を追いかける様に移動している。

「雨の音がすごくて、声も聞きづらくなってきましたね」

「そうですね！」

二人がそう話した後、すぐに小降りに変わって車の速度は速くなった。

「良かった！　急ぎましょう！　八時過ぎてしまいますね！　電話かけますか？」

「はい！　心配すると思いますので、次のサービスエリアでかけます」

三十一話

電話を掛けて恭一のところに戻ると「急がなくても良いから、気を付けて帰って来なさいって言われました」

「八時半位になると思いますよ！」

「はい。でも雷様は何処かに行きましたね！」

「ゲリラ雷雨の様だから、また降り出しますよ！」

そう言いながら暖かいコーヒーを差し出す恭一。

「ありがとございます！　寒くなったと思っていたので！」

「車に僕のジャンパーがありますから羽織って下さい！」

二人はコーヒーを持って車に戻ると、恭一が薄手のジャンパーを麻里子の肩に掛けた。

「ありがとうございます」

コーヒーを飲み終えると車は播但道を姫路に向かって走り出した。

しばらくしてまた遠くで雷鳴が響いた。

「また降りそうですね！」


播但道を降りると、麻里子は一生懸命道案内を始めた。恭一は聞かなくても何度も走った道だから、自然と向かうのだが敢えて「次はどちらですか？」と尋ねた。

「あの右側に見えるスカイ住宅の中です！　雨が小降りだからごみの集積場の横に止めて下さい！」

「雨大丈夫ですか？」

「今は止んでいます、父が家の前に出ているかも知れませんから入って直ぐの場所に止めて下さい！」

車が住宅地に曲がると「本当にありがとうございました！　今度は私が伝言板に書きますね！」

「麻里子さんにプレゼントがあります。そこのダッシュボードの中に入っています！」

「えっ、まだ何か下さるの？　もう充分頂きましたわ！」

そう言いながらもダッシュボードを開く麻里子。中にはネックレスのケースがあった。

「これを？」

「開けて見て下さい！」

ケースを開くと鍵の形をして中央に宝石がひとつ煌めいているネックレスだ。

「こんな高価な物を頂けません！」

「今日会って頂いたお礼です！　是非受け取って下さい！」

「で、でも……」

「僕が着けて上げましょうか？」と言って、恭一が素早くケースから取り出すと「ほ、本当に頂いても……」

「髪を上げてもらえますか？」

恭一が手を伸ばすと身体を恭一の方に向ける麻里子。首にネックレスが着けられると「良く似合いますよ！」そう言いながら麻里子の顔を引き寄せる恭一。

　麻里子は、恭一の唇を受け入れていた。男性とキスをした事が無かった麻里子だが、吸い付けられる様にキスをしていた。唇が触れる瞬間の感覚を噛みしめる様なキスを終わると「ごめんなさい！　ありがとう！　ありがとう！　麻里子！」と謝る恭一。

「代わりは嫌です！」麻里子は亡くなった奥様の代わりに愛されたくないと思っていた。

「絶対に代わりではありません！　麻里子は一人だけです！　今日は本当にありがとう」

　そう恭一が言うと、麻里子は微笑みながら「また、会って下さいね！」と荷物を持って車のドアを開けた。

「ケース！」と言った恭一の言葉を残して、再び降り始めた雨を避ける様に走って行った。

　後ろ姿を見送ると、恭一は急いで車をバックさせて住宅地から出て行った。もしも、父親が追いかけて来たらトラブルになるからだ。


　案の定、玄関先には省三が雨の中傘を差して待ち構えていた。

「麻里子！　相手の男は何処だ！」怖い顔をして遠くを見る省三。

「もう帰ったわ！　今度紹介するから、今日は中に入ろう！」

　省三が追いかけて行くと、車を見られるかも知れないので、麻里子は急いで父親を引き入れた。その時、大きな雷鳴が響き雨は急に強く降り始めた。

家についた麻里子が着替え始めた頃、恭一は車に異常を感じた。「あっ、パンクか?」「この雨の中でタイヤの交換か?」そう思いながら車を広い場所までゆっくりと移動させる。小降りになるのを待ってからタイヤ交換をする事にした。待っている間、今朝からのデートの事、先程のキスを思い出していた。自分の気持ちは麻里子に伝わっただろうか? いつまでこの世にいるか判らないから、麻里子にお礼を言わなければとただそれだけを考えていた。事故の日もあのネックレスを着けていた。麻里子の姿を思い出すとまた涙が零れ落ちた。

しばらくすると、雨が小降りになったので、ジャンパーを着てタイヤの交換を始める事にした。

「大きな釘が刺さっているな! あのごみ集積場で踏みつけたのか?」そう呟きながらパンクをしたタイヤを取り外した時、再び大粒の雨が降り始めた。

大雨の中、ずぶ濡れになりながらタイヤ交換を終え、ジャンパーを脱ぎ捨てるとヒーターを一杯にして車を走らせた。

雷鳴が遠くに響いた時、自宅に戻った恭一。

母の美代がその姿に驚いて「どうしたの? 池にでも落ちたの?」

「タイヤがパンクして交換していたら、土砂降りで……」

「早くお風呂に入って温まりなさい！　風邪をひくわよ！」

「そうするよ！」

その頃、麻里子は妹の誠子に「お姉！　それ何？　首にぴかぴか光る物がある！」

（あっ、外すのを忘れた！）と麻里子は焦った。着替えの時に外すつもりが忘れていて妹に見られてしまった。

三十二話

「彼に貰ったのでしょう？　光っているのはダイヤ？」

「貰ったことはお父さんには内緒よ！」

すると両手を重ねて差し出し「口止め料！」と言って微笑む。

「このお土産あげるわ、友達に買って来たのだけれど仕方がないわ！」

キーホルダーを誠子に渡して口止めした。

その夜は、豊とのキスを思い出して眠れない。次の伝言板には自分から書くと言ったから、いつどこにデートに行くかを考えていたらますます目が冴えて眠れなかった。


その頃恭一は土砂降りの雨を浴びたせいで、身体が冷え切り高熱をだして苦しんでいた。

「恭一！　大丈夫？」と美代は赤くなった顔の恭一の額に手を当てた。

「凄い熱よ！　寝た方が良いわ！」

「そ、そうするよ……」と言ったとたんに恭一は倒れた。

「あっ、お父さん！　恭一が倒れたわ！」美代が驚いて言う。

「救急車を呼ぼうか？」昭二も慌てていた。

「日曜の夜だから、救急車の方が良いだろう！」恭介がそう言って昭二が救急車を呼んだ。

しばらくして、救急車が到着し美代と昭二が一緒に乗り込み恭一は運ばれて行く。

「君島病院がかかり付けなのですが？」と美代が救急隊員に言った。

「診てもらえるか聞いて見ましょう！」

救急隊員の問い合わせに「診察出来ます！」との返事があり、救急車は君島病院に向かった。

到着すると検温をした救急隊員が「雷雨に打たれて、今熱が四十度以上あります！」と伝えた。

一晩中高熱にうなされた恭一は翌日十時頃に、ようやく熱が下がり意識を取り戻した。

「肺炎の初期でしたね！　昨日の雷雨の中でパンクしたタイヤ交換をされたらしいですね！」

「はあ⁉　その様に母に聞きましたが、全く覚えていないのです」と答える恭一。

美代が病室に入って来て「お父さんが車のシートまで水に濡れていたって電話で言っていたわ。それかと鳥取のお土産が後部座席にあったって、鳥取迄行ったの？」

「それがよく覚えていないのだ！」恭一が答えると、君島医師が「高熱の影響で一時的に記憶を失うことがあるのですよ！　熱も下がったので徐々に思い出すでしょう！」

美代は、ようやく熱が下がった恭一を見て、安堵の表情を浮かべた。

「会社には二日程休むと連絡をしておいたわ！」


麻里子は、翌日の昼過ぎに学校で久子に会い、お土産を手渡すと「デートで鳥取迄行って来たの？」と驚いた様子で尋ねる。

「そうよ！　ラクダに乗って来たのよ！　写真も沢山写して来たわ！」

「彼氏の写真も撮った？」

「数枚は撮ったわ！　でも照れ臭くてそれ程良い写真は撮れていないと思うのよ！　今日帰りに駅前のカメラ屋さんに出して来るわ！」

「ドライブで彼の気持ち判った？　奥様の代わりなら付き合うのを辞めなさいよ！　二十歳の初婚の麻里子が気の毒よ！」

「彼ね！　麻里子はひとりだって言うのよ！　代わりでは絶対にないって断言したわ！」

「あら、麻里子。メロメロになっていない？」

「そんな事ないわ！」


夕方、カメラ店に写したフイルムを預けると、明日の夕方には出来上がると言われた。

「今度は私がお誘いの連絡を伝言板に書く事になっているのよ！　何を書けば良いかな？」

「そんなに慌てて書かない方が良いわよ！　恋も駆け引きが必要なのよ！　少し気を揉ませる方が、本心が判るのよ！」

「そうなの？　豊さんはデートの翌日には書いてくれていたと思うのだけれど……」

「彼は麻里子を奥様に置き換えていたから、早く会いたかったのよ！　麻里子も早く会いたいのかな？」

「そ、そんな事ないわ！」

本当は直ぐにでも伝言板に書き、豊に会いたかったのだが、久子に言われて思いとどまった。

翌日、カメラ店に写真を取に行くと店員が「撮れていない写真が数枚ありましたので、三十枚程だけをプリントしました」と気の毒そうに言った。

そして、ネガフイルムを見せて「この様に所々黒く感光しているのですよ！」

「本当ですね！　何も写っていませんね！」麻里子も納得してプリントされた写真を持ち帰った。

袋から取り出すと鳥取砂丘の風景、自分の写真はあるが、河野豊が写っていると思われる写真は一枚も無かった。

「こ、これは？　何故写ってないの？」と口走る麻里子。

豊に貰ったネックレスもお土産も存在していたが、写真には一枚も写っていない不思議な事に驚いた麻里子。

（あっ、そうだ！　ラクダに乗った記念写真は？　プロが撮影したから必ず写っているわ！）

カメラマンにお金を豊さんが払っていたのを思い出した。

確か数日後に送ると言って、「送り先は麻里子さんの住所を書いて下さい！」そう言われて、住所を書いた。

翌日は、伝言板が満杯になっていたので、書けなかった麻里子。明日は必ず書いて写真の事を話してみようと思う。

恭一は、水曜日の午後君島病院を退院した。だが既にタイムスリップした恭一は何処にも存在していなかった。

「誰と鳥取に行ったのか思い出した？」美代の質問に「思い出せないよ！　一人で行ったのかも知れないよ！」

「一人でドライブに行くには少し遠いでしょう？」

「帰りに大雨に遭って、タイヤがパンクしたのは覚えているよ！　その時誰かがいたら傘でもさしてくれるだろう？」

「それもそうよね！」


翌日から仕事に復帰した恭一は、退院したばかりなので今週は無理をしないようにと上司に言われて外回りを控える事にした。

「これ鳥取のお土産です！　皆さんでどうぞ！」

「鳥取の帰りに雷雨に遭遇したそうで、大変でしたね！」と事務員に言われたが、記憶が欠落していて思い出せなかった。

三十三話

木曜日になって麻里子は人目を気にしながら伝言板に（今週の日曜日、朝十一時に交番前で待っています！　人形のマリコ）と書いた。書き終わると恥ずかしそうに伝言板を離れた。（あれで判るわよね！）と自分に問いかける。

翌日、久子に伝言板に書いた事を知られたが、豊が読んでくれたか？　の方が心配になった。その日の夕方、麻里子の家のポストに砂丘の写真が届いた。嬉しそうに封筒を開けると、『大変申し訳ございません。一枚の写真が綺麗に写っていなかったので、お詫びに砂丘の風景写真を十枚同封いたします。』とあった。

「何故なの？」自分がラクダに乗った写真を見ながら、河野豊と一緒に写った写真が何故無いの？

翌日、封筒のスタジオに電話を掛けると、申し訳ない！　の一点張りで黒く感光してしまってどうする事も出来なかった！　との返事が返って来た。日曜日、豊と食事をしながら写真を見る予定が駄目になったショックより一枚も豊の写真が無い事が残念に思う。

その日から日曜日が待ち遠しい麻里子。

強い日差しが夏を感じさせる日曜日、朝から化粧をしていると誠子が「お姉ちゃん！　今日はデートね！」と傍に来て言う。

「違うわよ！　久子と買い物よ！」

「嘘！　胸のネックレスがデートって言っているわよ！」

心の中を見透かす様に言う誠子。確かに貰ったネックレスは豊と会う時は絶対に着けて行くと当初から決めていた。弟の勝彦は麻里子の行動に興味を持たないが、妹の誠子は事ある毎に口を挟んで興味を持ってくる。


自転車で駅に向かうが、待ち合わせの時間よりも三十分も早く到着していた。先日の恭一と全く同じで、駅の大時計と自分の腕時計を見比べながら豊の姿を探した。約束の十一時が過ぎても豊の姿が見えず徐々に不安な気持ちが増して来た。

「読んでいなかったのかな？」他に連絡の術を知らないので、兎に角待つ以外に方法がない麻里子。三十分が一時間に感じる程長い。

「お嬢さん！　随分長い間ここにいらっしゃいますが、待ち合わせですか？」高齢の高梨警官が交番から出て来て尋ねた。

「はい！　連絡が伝言板だったので、読んでなかったのかも？」

「伝言板は悪戯で消される事も多いから、彼氏は読んでいないのかも知れませんね！　今日は諦めてまた連絡しなさい！　疲れるでしょう」一時間以上交番の前にいる麻里子を気の毒に思って話した警察官の高梨。

「そうですね！　今日は諦めて帰ります！」疲れた様子で自転車置き場に向かう麻里子。


「お姉！　どうしたの？　早いね！」誠子が早々と帰って来た麻里子の様子に驚いて言った。

省三も「麻里子!!　元気が無いな！」と言う。

麻里子が自分の部屋に行くと、誠子が「彼氏に会えなかったみたいね！」

「例の砂丘に行った男か？」

「決まっているわ！　凄く綺麗なネックレス貰ったみたいよ！」

「えっ、そんな物を貰う付き合いか？」急に怖い顔になる省三。

「私の見た感じでは、この恋は成就しませんね！」と誠子が言った。

「何を言っているの！　麻里子は真剣なのでしょう？」里子が口を挟んだ。

「初めての恋は……」そう言いながら二階に向かう誠子。

翌日、久子に相談をする麻里子。

「昨日彼来なかったの⁉」久子が驚いた様に聞いた。

麻里子は頷いて「伝言板を読んでなかったのかな？」と自分に言い聞かせる様に言った。

「でも麻里子に熱心だったから、伝言板には神経を尖らせているでしょう？」

「先日鳥取に行った時、このネックレス貰ったのよ！　だから……」

麻里子が首のネックレスを見せると、真剣に見ながら「これダイヤよ！　結構高いわよ！本気だわ！　間違い無い！」と言って、もう一度手の平に載せて確かめる。

「間違い無いわ！　本物のダイヤと金だから高いわよ！　二、三度会った女性に贈る物ではないから、本気に間違い無いわ！」

そう言われて嬉しくなる麻里子だが、久子の助言で詳しい仕事も住所も何も聞いていない事が失敗だと思った。

翌日、再び伝言板に（次の日曜日十一時、交番前でお待ちしています！　人形のマリコ）と書いた。

日曜日、麻里子は祈る様な気持ちで、交番の前に行った。

その場所は、真夏の太陽が照り付け、長時間は立って待てる場所ではなかった。

「お嬢さん！　そんな所で立っていると熱射病になりますよ！　ここに入って来られたら出て行けば良いでしょう？」警官の高梨が気の毒そうに言った。

「でも、交番の中だと見えませんから、もう少し頑張ります！」

だが、三十分過ぎても恭一の姿は何処にも見えない。

先週迄はまだ夏の太陽では無かったが、昨日から真夏の太陽になっていた。

「中に入りなさい！」と再び声を掛けた高梨に倒れこんでしまった麻里子。

高梨は麻里子を抱き抱える様に、交番の中に入れ椅子に座らせた。そして、麦茶をコップに入れて持って来て「無茶だよ！　日影が無い場所に一時間も経つなんて……」

「あ、ありがとうございます」麻里子は麦茶を飲んで多少は元気になったが、机に俯せになってしまった。

「こんな可愛い女の子を待たせるなんて、悪い男だな！」

「悪い人では………ありません！」急に起き上がって言うと、再び俯せになった麻里子。

「似た様な人がいるな！　ここで待ち合わせた男も随分長い間待っていたな！　不審尋問したよ！」

「えっ、その人って誰か判りますか？」麻里子は咄嗟に河野豊だと思った。

「判るよ！　免許証の提示をしてもらった！　待って下さいよ！」

日報の綴りをめくりながら「これだ！　名前はね！　河野じゃないな！　蓬莱恭一って人で、隣町に住んでいるな！」
「そうですか！」と落胆した。

三十四話

翌日、落胆した表情で大学に向かう麻里子。久子が大学で「確か河野さんって役所に勤めているって話さなかった？」と言った。

その言葉に急に元気になった麻里子。

「そうだわ！　役所に勤めているって話していたわ！」

「明後日から夏休みだから、一緒に調べに行こうか？」

「久子が一緒なら心強いわ！」

「詳しく身元聞かない方がって、私言ったから責任感じるわ！」

「………」

翌日、再び麻里子は伝言板に（日曜日、この前の駅前の喫茶店で十一時に待っています。人形のマリコ）と書いた。流石に今の気温で交番の前とは書き難い、麻里子もあの高梨って警察官が何を言うか気になった。


後日、久子と二人で役所の受付に向かう。

「教えてくれるかな？」

「名簿の様な物があるのでは？」

「沢山の人いるから、その様な名簿無いのでは？」

そう話しながら受付に向かう。

予想通り担当部署が判らなければ、お調べするのは難しいと言われる。

「河野、河野豊って二十代後半の人なのですが、判りませんか？」

「ここでは難しいので、職員課に行かれたらどうでしょう？」

二人は職員課に向かい同じ様に尋ねた。

「河野豊で間違いありませんか？」尋ねた職員は名簿を検索して「河野って職員は二名いますがいずれも女性の職員ですね！」と答えた。

落胆する二人。

「近くの役所かも知れないわ、隣の市に行ってみない？」久子は麻里子を元気づける為に言った。

「役所って言っても地元とは限らないわね！　三軒隣のご主人は神戸の市役所だものね！」

「そうだよね！　役所勤めだけでは判らないわね！」

そう言って、取り敢えず隣の市役所に行く二人。

やはり、該当者なしの結果に一層落ち込む麻里子だった。


「でも変だと思わない？」

「何が？」

「今まで河野さんが伝言板に書いていたでしょう？　麻里子の書いた伝言が伝わらなくても河野さんが何か書くと思わない？　私、毎日伝言板を注意して見るのだけれど、それらしき伝言は皆無よ！」

「何かあったのかな？　連絡出来ない様な事！　病気、事故とか？」

「怖い事言わないでよ！　心配で眠れないわ！」

「ごめん、ごめん！　麻里子本気になっていたのね！」

麻里子は躊躇う事無く頷いた。

「そうか！　本気か！　これは責任重大だ！」麻里子を元気づける様に久子が言った。

心配になった麻里子は大きな病院の入院患者で河野豊を探し始めた。相変わらず伝言板に反応は無かったが、時間の空く日曜日には必ず待ち合わせの伝言を書き続けた。その伝言板を時々見ていたのが恭一の妹の泉真奈美だった。あのノートに書かれた名前と同じ麻里子だったからだ。（お兄ちゃんが探していた名前と同じだわ！）この時はまだ真奈美は村本麻里子と恭一の関係は知らなかった。中学生の時にノートに書かれていた名前で、気にはなっていた。もしかして、麻里子さんが未来のお兄ちゃんの奥様？　恋人？

その後、真奈美は兄の恭一に会ったが、既に普通のお兄ちゃんに戻っていた事を確認していた。忙しくて未来の恭一に会ったのは、真奈美の結婚後、二回だけで色々聞く事が出来なかった。

いつの間にか夏が過ぎて秋になった時、久子は落ち込む麻里子を見て痛々しく思っていた。

「もう諦めた方が良いと思うわよ！」

「色々な事を思い出したのだけれど、彼ね！　変な事を言った事があるのよ！」

「何て言ったの？」

「前にも話したでしょう？　また会って下さい！　僕がいる間に……って言ったのよ！」

「そう言えば聞いた様な気がするわね！　それが現実なの？　何処かに行った？　麻里子に何も告げずに？　それって変よ！　急に神隠しにでもあったの？」

「何度会った？」

「駅での大泣き、帰りの人形、映画、砂丘の四回だと思うわ！」

「それでそのネックレスなの？」

「………」

「私ね！　保険の叔母さんに見合い話を持って来られて困っているのよ！　まだ大学一年以上あるのに、四年制の大学を卒業すると直ぐに結婚した方が良いって、母に言ったらしいわ」

「久子！　彼氏いたのじゃないの？」

「幸次!?　別れたよ！　あの人九州の人だから、大学卒業したら九州に帰るって言うのよ！　だから別れた！　私の家は妹と二人だから親の近くにいてあげたいのよ！」

「意外と親孝行ね！」

「麻里子の家にももう直ぐお節介な叔母さんが来るわよ！」

「私、当分見合いも恋愛もしたくないわ！」

「伝言板の彼が忘れられないか！　もしかして麻里子に会って亡くなった奥さんを思い出して

後追い自殺とか……」

（しまった！）久子は麻里子の顔色が見る見る青ざめるのを見てしまった。

「冗談！　冗談よ！」と笑いながら否定したが、麻里子の顔は蒼白のままだ。

「私、図書館に行く！」急に言い出した麻里子。

「どうしたの？　急に！」

「事件として掲載されているかも知れないわ！　調べて来る！」

「えーー」驚く久子も麻里子の後を付いて行く。

三十五話

麻里子は、交番で警察官の世話になってから、待ち合わせの場所は駅前の喫茶店と決めていた。用事の無い日曜日とか祭日には必ず、十一時前から来て十二時前までお茶を飲んで帰る。

ウエイトレスの柿本麻衣も毎回、同じ時間に来る麻里子と顔なじみになり、年も近いこともあって人形をプレゼントしてくれた人を探していることなど時々話すようになっていた。

先日、図書館に行き事故、事件を調べたが、豊らしい人は載っていなかったので安心し、二週間振りにこの席に座った。

「先日に比べて少し明るくなりましたね！」喫茶店のウエイトレスが麻里子を見て言った。

「いつも待っている人と連絡が取れないから事故とか事件に巻き込まれたのかと思って調べたの！」

「該当が無かったのね！」

頷き麻里子はコーヒーを注文した。

いつの間にかホットコーヒーが恋しい季節に変わっている。

「朝夕冷えますね！　彼氏の顔を一度見ただけなので覚えていなくて、写真でもあれば多少はお手伝い出来るのですが！」

「そうなのですが、彼を撮影した写真が全て上手く撮れてなかったのです！　私が下手かな？と思ったのですがプロのカメラマンの写真にも彼は写ってなかったのです！」

「えー、それって心霊写真？　幽霊だったりして」驚くウエイトレスの柿本麻衣。

「そんな事ありませんよ！　暖かかったし……」そう言いながらキスの場面を思い出していた麻里子。今でも豊の唇の感触が残っている。

「ごめんね、変な事を言って」と謝る麻衣。

そこへ、恭一の妹の泉真奈美が大きなお腹で同じ駅前商店街の宝石店の奥さんと入って来た。麻里子の隣の席に座ると「もう直ぐ生まれるのですね！」宝石店の奥さんが真奈美のお腹を見て言った。

「来月の予定なのです！　それで出産子育てがありますので、町内会の役員を何方かに変更をお願いしたいのです！」

「ご主人は市民病院の方でお忙しい様だから仕方が無いわね！」

「それと奥様は仕事柄、仲人もされていらっしゃるとお聞きしましたので、お願いもあるのです！」

「奥さんの妹さんとか？」

「いいえ、兄なのです！　もう直ぐ三十歳なのに呑気な性格なのか、全くその気が無いので母も困って私に相談に来たので……」

「今お嬢様を数名預かっていますのよ！　大学は卒業されていますか？」

「はい！　一応出ています！」

「最近のお嬢様も大学に行かれる方が増えまして、短大で充分ですのにね！　歳も適齢期を直ぐに過ぎてしまうのに困りますわ！」

まるで自分の事を言われている様な気分で聞いていると「この商店街で大学に通われているお嬢様も、ご両親が良い方を探して欲しいと写真を預かっているのですよ！」

「この商店街の方ですか？　その様な方いらっしゃいましたか？」

「はい！　家具屋さんのお嬢様ですよ！」

「商店街の一番向こうの家具屋さんですか？」

麻里子は飲みかけていたコーヒーを吹き出しそうになった。

久子の実家は大島家具店でこの商店街の一番奥だ。

「確か大学三年生でしたよ！　でも卒業したら二十二歳でしょう？　両親も今から探さないと！　と持って来られました！　選り好みされるのでしょう？」

「兄の釣書持って来ますのでよろしくお願いします」

「泉さんのお兄さんなら良い方だと思いますから、お預かり致しますよ！」

二人は、その後しばらく商店街の話をしていた。麻里子は時計を見ながら今日も豊は来なかったと店を出て行った。（でも今日は面白い話が聞けたわ、あのお腹の大きい奥様誰かに似ている様な気がする）と思ったが、まさか恭一の妹だとは気づく筈も無かった。先程の話は、久子には内緒にしておこうと思う麻里子。話の中でお腹の大きな奥さんは泉薬局の若奥様だと判った。迂闊に話すと久子は勘違いして、泉薬局の奥さんの兄とかを調べに行く可能性も充分あるからだ。

流石に真冬になって麻里子は月に一度だけ伝言板に書く様になっていた。

休みの日曜日に自転車で駅まで来て一時間程喫茶店にいる事が辛くなっていたが、それでも月に一度は必ず伝言板に書いて、駅前の喫茶店の同じ席に座っていた。


春が近づいた頃、久子が「私、祭日にお見合いする事になったのよ！」

「久子がお見合い？」そう言ったが(例の宝石店の奥様の紹介？　もしかして薬局の奥様のお兄さん？)と思って笑いそうになった。

「神戸の家具屋さんの息子さん！　同業者ね！　写真が良かったから一度会うだけ会う事にしたのよ！　親戚の顔を立ててね！」

「そう、纏まると良いね！」

「まだ今年三年生だから、卒業してからだけれどね！」

「久子乗り気ね！」

「麻里子はまだ話来ないの？」

「来ないわよ！　保険屋の叔母さんが母にそれとはなく尋ねた様だけれどね！　お見合いなんて考えられないわ！」

「まだ砂丘の君が麻里子の心に輝いているのかな？」

「そうよ！　いつか会えると信じているわ！　この前占い師に診てもらったらね！　待ち人に会えるって言われたわ！　だからきっと会えるのよ！」

「占い師か……知らない師とも言うわよ！」

「何よ！　それ！」

「何が起こっても占い師は知らないって意味よ！」

その様な話の後も月に一度は必ず伝言板に書き、そして喫茶店で待つ麻里子。


久子の見合いは失敗に終わった様で「ボケぼん！　ってあの様な男の事だわ！」お見合いが終わった翌週、荒れ狂った様に怒っていた。そして、豊と会えなくなって一年が経過した時、麻里子はもう一度砂丘に行きたいと言い始めた。

三十六話

結局、久子に反対されて鳥取行は断念する。

その麻里子にも見合いの話が舞い込んで来たのは、豊と会えなくなった翌年の秋だった。

「ドリーム生命の興野さんが持って来られたのよ！　写真だけでも見たら？」

「お見合いなんてしたくないわ！」

「いい条件よ！　次男さんで、国家公務員で安泰よ！　麻里子が卒業してからの挙式が理想だって！」

「私！　役所とか国家公務員は大嫌い！」常に頭の片隅に河野豊が存在しているが、最近では仕事を憎む様になっていた。豊を仕事に盗られた様な気分になっていたのだ。

しばらくして、高校生の誠子がお見合い写真を横から見て「わあーー美男子！　俳優みたいよ！」と叫ぶ。

「誠子！　お見合いは遊びじゃないのよ！」と怒る里子。

「お姉様はラクダに乗った王子様以外に興味は無いのよ！　お母さん無駄よ！」

「いつまでも思っていても会えない人待つの？」

「そうよ！　きっと会えるわ！　会えるのよ！」そう言うと自分の部屋に駆け上がった。

夜、省三にお見合いの話をすると「嫁に急いでやる必要はない！」と意外と麻里子の味方だった。

「貴方は麻里子を嫁に行かせたくないだけでしょう？」

「高校を卒業した女の子は結婚が決まっている子多いそうよ！　短大卒の子もそろそろお見合いをして考えているそうよ！　一年二年はあっという間だって奥野さん話していたわ！」

「麻里子の気持ちを尊重しなければ、どうにもならないだろう？」

「貴方は都合の良い人だわ！」と怒る里子。


麻里子は豊の事を忘れようと努力をしているが、見合い話で再び火が点いて伝言板が復活した。夏の間、砂丘行の事もあって諦めようとして駅の伝言板は書いていなかった。

秋になって再び思い出した様に書き始める麻里子。喫茶店の麻衣が「お久しぶりですね！」と懐かしそうに言った。

店内に赤ちゃんの泣き声が聞こえて、その方向を見ると泉真奈美が子供を連れてこの前会った宝石店の奥様と話をしていた。

「お腹大きかった奥様！　お子様が生まれたのですね！」

「お兄さんが三十歳にもう直ぐなるから、お母様に頼まれて最近よく会われていますよ！」

「男性も三十歳になると結婚を焦るのね」

「本人よりも周りが焦るようだけどね！」微笑みながら水を置いて「コーヒーね！」と言った。

頷く麻里子は何を思ったか「可愛いお子様ですね！　男の子？」と真奈美に声を掛けていた。

「どちら様？　何処かでお会いしましたか？」突然声を掛けられた真奈美が驚いて言った。

麻里子は、ここでお腹の大きい時に会った事を伝えた。

しばらくしてコーヒーがテーブルに置かれると、麻里子は自分の席に戻って窓の外を見ながら飲み始めた。

「子供が好きな方なのね！」真奈美は麻衣に言った。

麻衣は小声で「一年以上前から男の人を待って月に一度来られるのですよ！」

「えっ、そんなに長い間！」

「はい！　伝言板に書いて、ここで待たれるのですよ！　来ない彼氏を……気の毒な話ですよ！」

「もしかして、人形のマリコさん？」真奈美は恐々尋ねた。

頷く麻衣は奥の席に行った。


（未来から来た兄さんと会ったの？　駅前で車に一緒に乗った人はこの人なの？）

真奈美はもしもそうだとしても、何も言えなかった。自分が知っている事の全てを話す事は、余りにも危険な事で彼女がどの様な行動に出るか？　それが全く予測出来ないからだ。そして、もし別人だったら自分はこの人の命までも奪ってしまうかも知れない。

そう考えると何も言えなかった。

「どうしたの泉さん？　顔色悪いわ」宝石屋の奥さんが心配そうに言った。

「すみません！　兄の話ですが、もう少しお見合いをするように説得しますので、それからお願いします！」

「奥さん！　急にどうされたの？」

将来兄の奥さんになるかも知れない麻里子の前で、その様な話はとても出来ない。でも、麻里子さんが兄の奥様と決まっている訳では無い。唯、兄が探していたのは間違いのない事実だった。動揺した真奈美は、突然席を立って支払いを済ませて急いで店を出て行った。

「どうしたのかしら、人形のマリコって聞いてから変だったわね？」

宝石屋の奥さんも後を追う様に店を出た。


麻里子も「どうしたのですか？　二人とも慌てて出て行ったけれど？」

「私が変な事を言ったからかな？」

「何を話したのですか？」

「麻里子さんの話を少し、ほんの少しよ！　どの様な方って聞かれたから伝言板に書いて、人を待っているって」

「それだけ？」

「すると人形のマリコさん？　って、あの赤ん坊のお母さんが尋ねられたのよ！　それで頷いただけよ！」

「えっ、それって私を知っている？」と口走った時（豊さんを知っているの？）頭の中に火花が散った様になった麻里子。

「私！　聞いてくる！　泉薬局の奥さんよね？」

直ぐに支払いを済ませると追いかけるように出て行った。


「こんにちは！」薬局に入ると母親と思われる人が「いらっしゃいませ！」と笑顔で応対した。

「すみません！　若奥様いらっしゃいますか？」

「どちら様でしょうか？」

「私、村本麻里子と申しますが、若奥様にお聞きしたい事が御座いまして」

「少々お待ち下さい。呼んでまいります！」

しばらくして、真奈美が奥から出て来て、麻里子に軽く会釈をした
「先程、駅前の喫茶店で私の事聞かれたみたいで、以前から私の事をご存じだった様ですので

お聞きしたいと思いまして参りました！」

　黙って真奈美は奥の応接間に麻里子を招き入れた。

三十七話

「早速ですが、河野豊さんの事を何かご存じなのですか？」

　いきなり知らない男性の名前を言われて面食らう真奈美。

「河野豊さん？」

「そうです！　河野豊さんって役所にお勤めの方を探しています！　何かご存じでしたら教えて下さい！　お願いします！」立ち上がって深々と頭を下げる麻里子。

「頭を上げて下さい！　私は河野豊さんの事は全く存じません！」

「伝言板の事は……」

「私は駅前商店街の役で駅前清掃を担当していましたので、時々人形のマリコって書かれた書き込みを見ていました！　それで気になっていただけで……」

「どうしてですか？」

「私の知り合いの人かな？　と思った事もありましたが、今麻里子さんから河野豊さんと聞いて人違いだと判りました！　申し訳ありません！　変な期待を持たせてしまいましてすみませんでした」今度は真奈美が頭を下げた。

「そうでしたか？　人違いですか？」

「私の知り合いとは名前も全く違いますし、役所には勤めていませんので全くの別人の様ですね」

麻里子は、人違いだと落胆し、お辞儀をすると、肩を落として薬局を出て行った。

真奈美の義理の母が「先程の若いお嬢さん元気が無かったわね！　何かあったの？」

「人探しをされていて、私が知っているのではないかと聞きに来られたのですが、違っていたので落胆されました」

「そうなのね！　可哀そうね！」


麻里子は急に湧いた希望が消えたショックは大きかった。ショーウィンドウに映る自分の姿を見て泣いてしまいそうになる。諦めて自転車に乗り自宅に帰り始めて暫くした時、反対方向に通り過ぎていく一台の車に目が向いた。

「あっ！　豊さん！」と口走って自転車を止めた。直ぐに向きを変え反対の駅の方に向かって必死にペダルを漕いだ。

（あの車にあの顔！　河野豊さんだ！）急に元気が出て必死にペダルを漕ぐが、既に車は遥か彼方に走り去ってしまった。

（豊さんの事を考えていたから、幻を見たのかな？　いや、見間違いでは無い。確かに河野豊さんだった！）

車が駅に向かったのか？　別の道に行ったのか？　交差点まで来て考え込む麻里子。でも、河野豊さんが近くにいた事が一番嬉しい、それも病気とか怪我ではなかった。それだけが麻里子には救いだった。


その豊（恭二）は、真奈美の薬局に来ていた。

「これ、母から届け物です！」真奈美の義理の母に手渡す。

「態々すみませんね！　お茶でも一杯飲んで、真奈美さんと甥っ子の顔を見ていって下さい！」

応接間に上がった恭一の前に甥っ子を抱いた真奈美が奥から出て来た。

「兄さん！　今日は何？」「お袋が畑で採れた野菜を持って行けと言うので、持って来た」

「ありがとう！」

「それと、このノートお前の物か？　俺の机の引き出しの中に入っていたが、変な事が書いてあるけれど、占いか何かの書き写しか？」

「そ、そうよ！　占いの勉強をしていたのよ！　中学生の頃よ！」

「今のお兄ちゃんには必要の無いノートよね！　私が持っておくわ」

　中を読んだのかしら？　と思いながら受け取った真奈美。恭一が帰った後、ノートを開くと、象形文字の様な記号が並んでいるだけで、全く読むことができなくなっていた。（このノートは未来のお兄ちゃんがいる時は普通の文字になるのかな？　未来のお兄ちゃんがいて、私が見た時は普通に読めたけれど）首をかしげる真奈美。


　夕方、麻里子は嬉しそうな声で久子に電話をしていた。

「豊さんに会ったのよ！」

「えー会えたの？」

「豊さんが車で私の前から走って来たのよ！」

「それで気が付いて話をしたの？」

「反対の方向に走って行ったわ。私には気が付かなかったみたい」

「意味ないじゃん！」

「でも、元気で近所に住んでいる事が判ったのよ！　凄いと思わない！　私、来週から毎週伝言板に書くわ！　お正月までに再会出来るわ！」

「本当に貴女の事覚えているのかな？　もう一年以上過ぎているのよ！」

「テレビで記憶の無くなったドラマしていたわ、それかも知れないわ！」

「もし記憶喪失なら麻里子の事も覚えて無いでしょう？」

「会えたら私が治してあげるのよ！　誠心誠意尽くせば思い出すわよ！」

「麻里子も相当やばい状況ね！」呆れる久子。


再び毎週のように日曜日に駅前の伝言板に書いて、喫茶店で待つ様になった麻里子だったが、努力も虚しく日にちだけが過ぎ、正月を迎え寒さも厳しくなり、喫茶店で待つのも再び月に一度に戻っていった。麻里子は地元の信用金庫の就職内定を貰い、久子は花嫁修業で就職はしない予定だ。

正月を過ぎたころ「麻里子もお茶とお花は行くのよ！　もう決めて来たからね！」と一方的に里子に言われた。

省三も「結婚は急がないが、習い事はしておいた方が良い！」と賛成に廻った。

見合いには、どちらかと言えば反対の態度だったのだ。

「お料理学校にも三月から行くのよ！」

「嫌よ！　結婚は考えてないから必要無いわ！」そう言って自分の部屋に行く麻里子。

麻里子の後ろを追いかけてきて、誠子が「彼氏が戻って来たら困るわよ！　料理の出来ない奥さんは嫌われるわよ！」そう言って茶化す。

「そうね！　彼が戻って来たら困るわね！　料理は習った方が良いかもね！」と、急に笑顔になった。


春になったころ「バイトに行って来ます！」と麻里子がレンタルビデオ店に自転車で向かった。三年生の春からの週に三日、レンタルビデオ店でバイトを始めたのだった。

三十八話

二月からは、お茶とお花、三月からは、料理学校と嫌がる様子もなく通い始めた麻里子。

両親は驚いたが、妹の誠子は「お姉ちゃん！　まだ彼の事を思っているのよ！」と教えた。

二人は声を揃えて「砂丘の男？」

「一年以上もう直ぐ二年になるわよ！」

「諦められないのかね！」と呆れる。

四回生になると益々学校に行く機会が減って、バイトに入る時間が増える。バイト先で、男性客とか同じバイト仲間の男性に誘われることもあるが「私、好きな人がいますから」と断っていた。バイト仲間からは「男の姿を見た事が無いわよ！」と陰口を言われていた。

五月になってお茶の先生が麻里子に写真を見せて「この男性、私の知り合いの息子さんなのだけれど、一度お見合いしてみませんか？」と言ってきた。

ここでも麻里子はいつもと同じ様に「お付き合いをしている彼がいますので……」そう言って断った。

偶然にも料理教室には久子も来ていて、時間を合わせて同じ料理を習っていた。

「今年になってお見合いの話連発なのよ！」

「私も右に同じ！　家具屋のボケぼんで嫌になったのに！　先日も駅前の宝石屋の奥さんが見合い話持って来たのよ！　三十歳過ぎているのよ！　嫌よね！」

「いくつ？」

「三十二歳！　十歳も年上よ！」

「良い人ならいいじゃないの?」

「それより、砂丘の彼に伝言まだ書いているの? 最近見てないけれど」

「今は月に一度よ、バイト先は、日曜日忙しいからね!」

「本当はもう諦めているでしょう?」

「そ、そんなこと……」言葉に詰まる麻里子。

「来月、麻里子が彼と見た映画スーパーマンの続編が公開されるらしいわよ!」

「そうなの?」

「見に行かないの?」

「興味ないわ!」

映画の話で二年前の情景を思い出してしまう麻里子は、急に悲しげな表情に変わっていた。

六月初め季節外れの台風が発生して日本列島に近づいた。迷走台風五号は、兵庫県を縦断して進む予報が出ていた。

「直撃よ! 家、大丈夫?」里子が心配する。

「台風がまだ、小さいから大丈夫だと思うけれどな」

そう言っていたが、深夜大きな風の音と同時に「ガチャン!」と大きな金属音が聞こえて家族全員が飛び起きた。

「何⁉　今の音！」

「何かが家に当たった様な音だったぞ！」

家族全員が起きて来て居間に集まるが、風雨の音が凄くて外を見に行く事も出来ない。

息子の勝彦が「俺が見てこようか？」

「危ない！　もう直ぐ風が収まるから、それからでいい！」

「そうよ！　何か飛んで来たら危険よ！」

しばらく待っていると、辺りが静かになった。

「もう、風の音は消えたな！　見て来る！」

省三が着替えて玄関の扉を開けると「ごみが沢山飛んでいるぞ！」そう言いながら外に出ると大きく曲がって辛うじて飛んでいない車庫の屋根が見えた。

「あれか？」ガレージの屋根が家の壁に当たって飛ばされずに止まっていた。

里子が遅れて外に出て来て「わあ!大変だわ！」

「車は大丈夫みたいだな！」

「お父さん！　向こうの前田さんのガレージ飛ばされて、あそこに落ちているわ！」と指さした。

「スカイ住宅に電話をして、修理を頼みなさい！」

「九時になったら電話してみます！」と言った時、里子は昔ガレージが飛ぶって聞いた記憶が蘇った。

その日は、家族全員が早起きで居間に集まって来た。

「手分けして掃除をしよう！　他に壊れている場所がないか確認しよう。あれば修理が必要だからな！」

「昔若い男の人が来てガレージが飛ぶって言ったわよね！」と里子が言った。

麻里子は首を振るが、誠子が「思い出したわ、顔は忘れたけれど若い男の人がガレージの支柱を触ってここが弱いとか言っていたわ！」

「そうよ！　その時、スカイ住宅の課長に、三軒隣の前田さんのガレージの屋根も飛びますよ！　って言ったらしいわ！」

「えーそれはいつの話だ！」

「家を買って直ぐよ！」

「思い出したわ！　その男の人お姉ちゃんの背中の黒子を言い当てたのよ！」誠子が思い出して言った。

「気持ちの悪い話をしないでよ！　そんな男の人、私知らないわよ！」麻里子は急に怒り出した。
「気味の悪い話は止めて、早く手分けして掃除をして、壊れている場所をチェックしましょう」と麻里子が言った。

三十分程で掃除が終わって、壁が壊れているのとガレージの屋根、庭木が数本折れていたのが判った。その頃になって前田さんが道路に飛んだガレージの屋根を引きずって、邪魔にならない場所に移動させていた。前田さんのガレージの屋根は壊れて使い物にはならないようだった。

省三は、屋根が壊れてしまった前田さんの物とは違い自分の家のガレージは支柱さえ直せば元に戻るだろうと安心した。

前田さんの奥さんが「うちのガレージは全てやり直しです！　でも、他の家を壊さなくて幸いでした！」と苦笑いで言った。

九時過ぎにスカイ住宅の課長が森と一緒にやって来た。
「ガレージの造りが悪いから飛びますよって、買って直ぐに若い男の人に言われたのをお覚えていますか？」里子は強い調子で言った。

「えっ、その様な事……」楠木課長は里子の勢いに押された。

森が横から「ありました！　三軒隣の前田さんの屋根も飛ぶって言われましたよ！」

楠木課長の記憶も漸く蘇って「今回は当社で修理させて頂きます！」と言って事態を収拾させ様と考えた。

三十九話

「課長！　簡単に修理を請け負ったのですね！」車に戻ると森が驚いて言った。

「森君！　以前指摘した男がライバルの住宅メーカーの男だったらどうなると思う？」

「指摘の通りだと言いますね！」

「二軒の家のガレージの事で、今後住宅が何軒もライバルに行くのよ！　例え弱い建付けでも、直ぐに修理すればスカイ住宅はアフターサービスが完璧だと言われるでしょう？」

「なる程！　それで快諾されたのですね！」

「近所の鉄工所を探して修理させなさい！　値切るのよ！　今後も仕事を廻しますって言うのよ！」

「ガレージメーカーに言わないのですか?」

「そんなことをしたら、新品を買う事になるでしょう？　それとあの壊れ方なら、他のメーカーに変えるわよ！　次々に壊れてしまうわ！　昨夜のそよ風程度で壊れたのよ！」

「そよ風?」森は課長の言葉に呆れる。


森は、早速電話帳で溶接作業の出来る鉄工所を探し始めた。最初の鉄工所は「忙しいので直ぐには行けないよ！　十日後なら」と言われた。二件目に目に留まったのが奥田鉄工所だった。森は課長に言われた通りに「今後スカイ住宅の仕事を廻しますから、急いで修理して頂けませんか?」と切り出した。

奥田太一は「昨日の台風で壊れたのですか？　それはお気の毒だ！　明日にでも行かせてもらいます！」と快諾した。

「政子！　スカイ住宅からガレージの修理の依頼だ！　明日若い奴連れて行くよ！　今後も仕事を回してくれるそうだ」

「スカイ住宅なら最近建売住宅沢山建てているから、商売になるかも知れないわね！」

翌日、奥田が現場に行くと森が待っていて、前田家と村本家のガレージを修理して欲しいと頼まれた。

「前田さんのガレージは屋根も付けますので、準備が必要ですね！」

「何日程かかりますか？」

「一週間ですね！　こちらの村本さんのガレージは今から修理を始めます」

家の中から里子が出て来て奥田太一に挨拶をした。

直ぐに作業が始まって、金属音が住宅街に響き渡って、支柱が途中から切断された。昼飯時になって「車で食事をして来ますので、しばらく留守にします！」太一が玄関から家の中に向かって言った。

すると里子が玄関に出て来て「食事を用意していますので、簡単な物ですがお召し上がり下さい！」と言った。

「えっ、食事を?」驚く太一。

「急に来て頂いたので申し訳なくて、出前物ですみませんがお召し上がり下さい！」

小さな応接間に通されると、寿司桶が二つ既に並べられていた。

「遠慮なくご馳走になります！」

二人が腰かけた時、麻里子がお茶をお盆に載せて入って来た。

「娘の麻里子です！」と紹介する里子。

「綺麗なお嬢様ですね！」

麻里子は微笑みながらお茶をテーブルに置くと、直ぐに出て行った。省三が昨夜、無料で直して貰うのだから多少のサービスをして頑丈にして貰う様に頼めと話していたのだ。前と同じ造りなら今度は本当に飛んでしまうと言っていた。

「前の造りは少し弱いと思うのですが、頑丈にして頂けませんか？」

「はい！　細い支柱だったので、補強をして今回の倍の風にも耐えられる様に致しますのでご安心ください！　ご馳走になります！」

そう言ってもらって、里子は誇らしげに応接間を出て行った。

夕方まで時間を要してガレージは元の姿になった。勿論支柱は補強されて頑丈な形に変わっていた。

「後少し塗装が残っていますので、後日前田さんのガレージの修理の時に塗らせて頂きます」

「ありがとうございました」里子はお辞儀をして太一達を見送った。

自宅に戻った太一に政子が「請求書作るのだけれど、何方かな？」

「前田さんは全壊、村本さんは支柱補強と修正だな！」

「前田さんと村本さんね！　村本？」急に政子の手が止まった。

「どうかしたのか？」

「村本？　何処かで何度か聞いた様な気がするわ！」

「そう言えば、二、三年前に聞いたような」

「もっと昔にも聞いたわ！　ちょっと待って何処かにメモした記憶があるのよ！」

奥の部屋に行く政子。

しばらくして「貴方！　恭ちゃんよ！　恭一君がここに来たでしょう？　村本省三さんって知らないか？　って、日記に書いていたわ！　スカイ住宅の村本省三さんは義理のお父さんって言ったのよ！」

「えー、それって恭一が付き合っている女の子の家か？」

「あの言い方では付き合いたい、結婚したい女性だけど切っ掛けが無いって言い方だったわ！」

「するとあの若い女の子か？」

「見たの？」

「昼の寿司をご馳走してもらって、若い娘さんがお茶を運んで来てくれた！　確か麻里子さんって紹介されたぞ！」

「その人に間違い無いわ！　恭ちゃん喜ぶわ、私達が仲を取り持ってあげましょうよ！　もう三十歳過ぎているのよ！」

「相手は恭一の事を知らないのだろう？　いきなりは無理だろう？」

「知り合いなのよ！　でも、気が弱くて言い出せないのよ！　それで私達に頼みに来たのよ！」

「でも何故？　私達が村本さんを知っている事を出会う前から知っていたのだ？」太一は不思議に思った。

「深く考えるのは辞めて、恭ちゃんの写真を見せて反応を見れば判るわ！」

「それもそうだな！　恭一に興味が無ければそれでおしまいにすれば、恭一もあきらめがつくな」

二人は、急に恭一の仲人になった気分で、その日は長い時間話をしていた。

四十話

翌日、久々に実家に帰った政子。

「恭ちゃんのスナップ写真一枚貰えないかな？」

「えっ、恭一の写真ですか？」

「主人が恭ちゃんも三十歳超えたから、誰か良い女の人見つけてやろうかと言い出したのよ！」

「恭一の事、気にかけて頂いてありがとうございます！　少々お待ち下さい、アルバム持って来ます！」

美代が奥の座敷に探しに行って、アルバムを数冊抱えて戻って来た。

「沢山ですね！　古い写真は駄目でしょう。最近の写真ね！」

「あっ、そうですね！」そう言いながら一冊のアルバムを取り出して、これが一番新しいとテーブルに広げた。

アルバムを見ながら、これが良いとか悪いとか話をして二人は一枚の写真を選んで政子に託した。

「見つかるかは判らないから、期待はしないでね！」

「はい！　政子さんの気持ちは恭一に伝えておきますね！」そう言って良い話が来るように祈っていた。


数日後、前田家の完成したガレージを分解した状態でトラックに積んで、住宅地に行く太一と従業員二人。

「お前達で降ろして組み立ててもらえるか？　俺はこの前のガレージの塗装を先に済ませて来る！」と二人を残して太一は、塗装道具をぶら下げて村本家に向かった。

「こう言う話は朝行くのですよ！　幸い明日は大安吉日ですからね！」と昨夜政子に説明されていた太一。


「おはようございます！　奥田鉄工所です！　塗装に参りました！」

「はーい！　よろしくお願いします！」と里子が廊下の奥からやって来た。

「奥様、少し宜しいでしょうか？」改まって話始める太一。

「何でしょう？」

「先日食事を頂いた時に、綺麗なお嬢様を拝見しまして……」言い難そうにしている太一。

「娘が何か？」

「実は私の甥っ子に三十歳を超えた男がいるのですが、これがまだ独り者で……」照れ臭そうに言う。

「えっ、娘の縁談ですか?」驚く里子だが、心の中では厚かましい人だと思っていた。

だが、ここで怒ると工事に影響があると思って「ご親切な叔父様ですのね」嫌みを含んで言った。

「ここに写真と簡単な釣書を書いていますので、もしも気に入ってもらったらお見合いでも……」

そう言って封筒を差し出した。

「お気に召さなければ、返信封筒を同封していますので送り返して頂いて結構ですので、一度お嬢様に甥っ子を見て頂きたいのです!」

「いつも出先でこの様な事を?」怪訝な顔をする里子。

「いえいえ、この様な事は初めてです! 実は前から甥っ子はお嬢様の事を知っている様でして、でも中々言い出せなかったのか、今日に至っているのです」

「えっ、甥っ子さんが麻里子を知っている? 当然麻里子も知っている人ですね!」

「はい! そうだと思います! 片思いか? 見ただけなのか、私達には判りませんが一度お嬢様に聞いて下さい! お願いします!」

「そこまでおっしゃるなら、お預かり致しますが期待はなさらないで下さいね」

里子は麻里子が縁談話に耳を貸さない事を充分に知っているので、直ぐに返すつもりで預かった。


夕方、帰った麻里子に詳しく話をすると「お母さんは写真見たの？」

「見て無いわ！　麻里子が見てから一緒に見ようと思って置いてあるわ！」

「私そんな人知らない、それにその鉄工所の叔父さんもお節介な人ね！　何故私が甥っ子の好きな女性だと判るのよ！　変じゃないの？」

「それもそうね！」不思議そうな顔になる里子。

「返信用の封筒が入っているから、気に入らなければ送り返して欲しいって言っていたわ！」

「それじゃあ！　送り返してあげて！　私は興味ないから！」

そう言うと自分の部屋に向かう麻里子。

諦めても諦めきれない豊が心の何処かにいる事を痛感している麻里子。


しばらくして妹の誠子が塾から帰って来て、封筒を持って悩む里子を見て「お母さん！　どうしたの？　封筒と睨めっこ？」

「麻里子の縁談の写真を鉄工所の叔父さんが持って来たのよ！」

「最近の鉄工所って変なの？　縁談迄するの？」

「違うのよ！　甥っ子さんが麻里子の事を見初めたらしいわ！」

「えー凄い！」

「麻里子は写真も見ないで、興味ないから返してって言うのよ！」

「お母さんは見たの？」

「麻里子が見てないから、見て無いわよ！」

「どうせ返すならどの様な男か見ましょうよ！」興味津々になる誠子。

「そうね、返信封筒が入れてあるって言ったから、開けて返す準備を……」

大きな封筒の封を切って中を開いて返信用の封筒を取り出した。

「隣町の住所だわ、蓬莱美代様宛になっている！　お母さまの名前ね！」

「写真は？」横から誠子が写真を見ようと覗き込む。

封筒を振る様にするとスナップ写真が一枚滑り落ちた。

素早く写真を手に取ると「あれ？　何処かで見た様な人だわ！」と口走りながら写真を見つめる誠子。

釣書を見ながら「蓬莱恭一さん、三十歳で大日物産に勤めている様だわ」

「この写真は二十五歳位に見えるわよ！」

「少し前の写真でしょう?」誠子が写真を見せたので覗き込む里子。

「あれ？　何処かで見たかも知れないわね！」

「お母さんも?」

「じゃあ、本当にお姉ちゃんも知っている人かも知れないわね！」

「そうね！　何処で見たのだろう?」

「私お姉に見せて来るわ！」

「機嫌が悪いから気を付けて聞くのよ！　見合い話は鬼門なのだからね！」

恐る恐る麻里子の部屋をノックする誠子。

四十一話

「誠子何か用事?」

「この見合い写真の男性、私とお母さんは見た記憶があるのだけれど、お姉は知らないかな?」

「知らないわよ！　汚さないで早く返して置きなさいよ！」面倒臭そうに言った。

「少し見てよ！　もしも知っている人なら失礼でしょう？　何処かで会うかも知れないからってお母さんが言っているよ！」

「そうなの？　後で見て置くわ！　そこに置いといて着替えるから」

（私の知っている人？　私を知っている人？　心辺り無いな！）

「あっ、そうだ！　その人蓬莱恭一って、隣町の人よ！」再び戸を開けて叫ぶ様に言った。

「そんな名前の人知らないわよ！」そう言いながらブラウスを脱ぎ始める麻里子。

机に置いた写真に服が触れて床にひらひらと落ちた。

「置くならちゃんと置いてよ！」怒る麻里子。

そう言いながらキャミソール姿で床に落ちた写真を拾おうとして、麻里子の手が凍り付いた。

床には笑顔の豊の顔が麻里子の目を奪った瞬間だった。

一瞬息が詰まって写真を持つ手が震えているのが良く判る。

「幻が見える様になったの？」そう口走りながら写真を手に持つ麻里子。

「豊さんだ！」小さく叫ぶ。

「うそ、嘘でしょう？」左手で自分の頬を摘まんで見る麻里子。

四十一話

「痛い！　夢じゃあないわ！」

扉を開いて二階から大きな声で「お母さん！　見合い！　見合いするわ！　直ぐに、直ぐに申し込んで頂戴！」下着姿で階段を駆け下りる麻里子。

「ど、どうしたの？　お姉！」驚く誠子。

「何があったの？」同じ様に驚く里子。

階下から驚く様に二人が飛び出して来て言った。

「お姉ちゃん！　服は着た方が良いわよ！」

「あっ、そうだったわ！」急に再び二階に駆け上がる麻里子。

「あの様な麻里子！　初めて見たわ！」

「私もびっくりした！」

「見合いをするって言ったわよね！」

「確かに言ったわ、それも直ぐに申し込んで欲しいと言ったわ！」

二人は顔を見合わせて呆気にとられていた。


しばらくしてジャージの服を着て二階から下りて来た麻里子は、満面の笑みで「言ったでしょう？　直ぐに会いたいって連絡して頂戴ね！」

「直ぐにって、言っても先方の都合もあるでしょう？　どうしたのよ！　急に！　お見合い嫌いの麻里子が？　本当に知っている人なの？」

「蓬莱さんでしょう？　知らないわ！　でも直ぐに会いたいの！」

「好みの顔なの？　私達何処かでこの人見た事あるのよ！　お姉ちゃんの知り合いではないの？」

「知らないわよ！　蓬莱さんでしょう？」

「そう蓬莱恭一さんよ！　これ読みなさい！」釣書を手渡す里子。

「全然知らない人ね！　でも見合いするからね！」笑顔で崩れている麻里子の顔。

「はい、はい！　電話をしますよ！」

「次の日曜日！　駄目なら相手に合わせるわ！　早い日でお願い！」

「仕事しているから、日曜ですよ！」

「それじゃあ、お願いね！　何着て行こうかな？　♬、♬」鼻歌を歌いながら二階の部屋に戻って行く麻里子。

「何なの？」

「写真は持って行っちゃったわ！」呆れ顔の誠子。

「ついに頭に来たかな？」

里子は名刺にある電話番号に電話をして、なるべく早い休みに見合いをしたいと申し込んだ。

奥田政子は再来週の日曜日と言うのを、娘は今週の日曜日しか時間が無いので難しいと言い切ってしまった里子。

横で聞いていた誠子が「強引ね！　先方は？」

「恭一に聞いて見ますだって、三日後って早すぎだわ！」

電話を終えるとカレンダーを見て「来週の日曜日は仏滅だわ！　それで再来週って言ったのね！　既に日取りは見ていたのよ！」

「でも何故？　あのお姉ちゃんが急に見合いして、ルンルン気分になっているの？　蓬莱さんって何者なのよ！」

二人は恭一をいつ見たかよりも、姉の豹変ぶりに驚いていた。

その日の夜政子達は蓬莱の家を訪れて「二十二歳の女子大生と見合いしてみない？　可愛い子よ！　太一さんが実際に見て来たから間違い無いわよ！」

「そんな若い子が？　相手にされないよ！」乗り気でない恭一。

「恭ちゃんが紹介して欲しいって言ったのよ！」

「いつの事？」

「二年程前かな？」

「忘れたよ！」

「先方は見合いすると言っているから、脈はあるのよ！　今週の日曜日でも良いって！」

「えー、それって三日後？」美代の声が裏返る。

「来週は仏滅だから再来週にする？」

「再来週は用事があるから駄目だ！」今度は恭一が言う。

「先方は早いなら大丈夫だって！」

「それなら今週に会ったら？」美代が嬉しそうに言う。

先方は若い、大卒、器量も良いなら文句は無い美代。

「こんな良い条件の娘さん二度と無いわよ！　恭ちゃん三十歳過ぎているのよ！」政子も自分の持って来た話を纏めようと必死だ。

太一は、恭一が自分で頼んでおきながら、忘れたのか？　と不思議に思う。

「叔父さん達の顔を立ててあげなさい！　こんな夜遅く来て頂いたのよ！」

「そうだ！　恭一！　見合いを決めて下さいとお願いしなさい！」恭介も一緒に説得した。

「喫茶店で会うだけで良いのだね！」恭一が言う。

「隣町の駅前の喫茶店に十時しましょう！」政子は嬉しそうに日取りと場所を決めた。

「先方には明日の朝連絡して置きます！」太一も嬉しそうだ。

翌朝、村本家に連絡するとふたつ返事で承諾されたのだ。麻里子の「場所も時間も合わせるから、今週に会いたいの！」その言葉通りになった。それを聞いた時、二年も待った喫茶店で本当に会える喜びで、麻里子は天にも登った気分になっていた。

四十二話

深夜恭一の写真を見て「これ程似ている人はいない筈だわ、豊さんに間違いない！」と何度も何度も呪文の様に言う麻里子。明日は美容院に行ってから日曜日に備えようと思う。

首にはあの時もらったネックレスは絶対着けて行くと決めている。

既に別れてから二年の歳月が流れていた。あのごみ置き場横の車の中でのキスが、昨日の様に蘇って中々眠れない麻里子。

土曜日美容院に行って髪を整えるが、二年前の髪型に直して豊に会いたいと思う。もしも本当に記憶を無くしているのなら治してあげなければと考えていた。でもまだ久子に伝える程の自信は無かった。写真では似ているが、実物はまるで別人の場合も多々あるからだ。だがその日の夜は完全に目が冴えて眠る事が出来ない。


翌朝母の里子が麻里子の服装を見て「ハイキングにでも行くの？　お見合いにスラックスに半袖って変よ！　それに半袖寒いわよ！」

「じゃあ、カーディガン羽織るわ！」

「でも見合いの服装ではないわね！　でももう時間が無いわ！　お父さん待っているわよ！」

「お父さんは一緒に出ないでしょう？」

「向こうの方も仲人さんも一人って聞いたわ、だから送るだけだって！」

省三は客の振りをして他の席に座って観察する予定にしていた。


車に乗ると里子は色々見合いの礼儀を話しているが、麻里子は完璧に上の空。服装はあの鳥取に行った時の服装をしているのを誰も知らない。もし記憶を無くしているのなら、自分の服装を見て思い出すのでは？　と期待していた。写真と実物が異なる場合は直ぐに失望して、食事もしないで帰りたいと考えていた。

「二人で近くにデートに行くのよ！　蓬莱さんが何処かに行くなら逆らったら駄目よ！　自分から行きたい場所は言わない様にね！」と言い聞かせる里子。

「は、はい！」車が駅に近づくのと同時に心臓の鼓動が聞こえる程になっている麻里子。

「だ、大丈夫かな？　怖い、怖いわ！」

「今頃になって何を言いだすの？」

「怖い、怖いのよ！」と怯える様に言う麻里子。


恭一の方も妹真由美が品定めに行く段取りで、十時前に既に別の席に座っていた。喫茶店の手前で車から降りる里子と麻里子。

「やっぱり怖いわ！」と言いながら降りる麻里子に「しっかりしなさい！　見合いなんてこれから何度もするかも知れないのよ！」

里子は麻里子の恐怖の意味が判らないから、初めての見合いに緊張していると思った。

「深呼吸して行きなさい！」省三もそう言って麻里子を送り出した。

恭一は美代を車に乗せて駅前に来たのだが、駐車場が満車でデパートの駐車場に向かっていた。喫茶店に入る里子、遅れて恐々入る麻里子を喫茶店の中にいた真奈美が先に見て「やばい！」と顔を壁の方に向けた。

（まさか？　麻里子さん？　あの子だったの？　河野豊って誰？）

「こちらですよ！　太一が里子を手招きした」

「お一人だと聞いていたのですが？」

「家内が顔を存じませんので、大げさですが二人で来ました！」

そう言いながら席に案内する太一。

喫茶店の奥には比較的大きいテーブルがあって、この様な小さな会合が出来るスペースがある。

「あっ！」ウエイトレスの麻衣が麻里子を見ると、驚いた表情で「あ、え、た！」と口パクで呟き、続いて「お、め、で、と、う」と同じ様に口パクで言った。

「まだお見えになってないのですよ！　駅の駐車場が満車でデパートの駐車場に行かれました！」

「座りましょう！」里子が先に椅子に座ると、一層麻里子の鼓動が大きくなっていた。

（本当に豊だろうか？　他人のそら似か？）

その時扉が開いて入って来たのは省三で、麻里子の角度からは見えない席に座った。

扉の音が聞こえると心臓が止まりそうになる麻里子。

「甥っ子の事を褒めるのも変なのですが、良い人よ！　彼は優しくて思いやりがあるのよ！」

「はい！　そうだと思います！」いきなり麻里子が言ったので、その場の全員が唖然とした。

「ま、麻里子！　な何を言っているの？」会ってもいないのに！　驚いて袖を引っ張る里子。

すると麻里子は来ていたカーディガンを脱ぎ始める。

「あっ、な、なにしているのよ！」驚く里子だが、麻里子は砂丘の服装にするのを忘れていたと思い出したのだ。

「若い方は元気だわ！」政子が半袖になった麻里子の姿を無理矢理褒めた。

「お待たせしました！」とそこにお辞儀をしながら美代が入って来て、奥の席に向かった。

後ろに付いて来る恭一の顔に注目する麻里子。その顔が一気に紅潮して（豊さんだ！　間違い無いわ！）心が既に踊った。お辞儀を軽くして席に座った美代と恭一。麻里子の瞳はもう恭一（豊）の表情と動きを追っている。

（間違いない！　あの仕草も同じだ！　人違いは考えられない！）

「飲み物はコーヒーで？」

「私、マンゴージュース貰えませんか？」とコーヒーを横に置いて麻里子は注文してしまう。

「麻里子！　まだコーヒー残って……」里子が慌てて言う。

「喉が渇いたのね！」政子が気を利かして麻衣に注文を追加した。

（おかしいな？　マンゴージュースに反応ないな‼　私の服装にも反応が無いわ！）

政子が「こちらが私の甥っ子で蓬莱恭一と母親の美代です！」と紹介を始めた。

お辞儀をする二人。

次に「こちらのお嬢様は……」言いかけた時麻里子が「村本麻里子です！　お久しぶりですね！」と言った。

政子は驚いて「お知り合い？」と尋ねると恭一は首を横に振った。

（やはり、記憶を無くされたのね！　だから私の事忘れちゃったのね！）

「間違いの様ですね！　知り合いによく似ていらっしゃったので、すみません！」麻里子は一応謝るが、これ程似ている人が世の中に他にいる筈が無いと思った。

四十三話

（でも不思議な事だわ！　豊さんがもし目の前の恭一さんなら再婚！　でも結婚歴は無い！）

戸惑う麻里子の心。

しばらく雑談の様に皆が話し合うと政子が「二人で一度お話をしてみて下さい！　よろしけ

れば遊びに行って下さい！　年寄りの話を聞いていてもつまらないでしょう」政子が二人にデートに行く様に勧めた。

二人が席を立って政子達に会釈をして出て行く。二人が歩きながら交番の前を通った時、二年前にここで待って倒れそうになった事を思い出す麻里子。ここで高梨警察官から蓬莱恭一の名前を聞いていたが、二年の歳月で記憶から消えていた。

「蓬莱さん！　お願いがあるのですが？」

「何でしょう？」

「今から三ノ宮まで電車でデートに行きたいのですが宜しいでしょうか？」

「車を置いてですか？」

「はい！　どうしても観たい映画があるのです！　映画デートをお願いします！」

「は、はい！」変わった女の子だと思いながら、恭一は承諾した。

「ありがとうございます！」

もし豊と同一人物なら、何かを思い出すだろう？　結婚していた話は嘘になるのだが？

麻里子は色々な事を考えながら電車の到着を待つ。

恭一は何度か見合いをしていたが、今まで初日から電車で映画に行きたいと言われた経験は一度も無かった。電車の中では二人は殆ど会話が無かったが、恭一が急に「映画は何を観たいのですか?」と聞いた。

「スーパーマンです！　嫌ですか?」

「いいえ！　観たいと思っていました」

「続編なのですが、最初の作品はご覧になりましたか?」

「いいえ！」と恭一は答える。

夢の中で見た様な気もするけれど、記憶には残っていない恭一。

記憶を無くしたとしても、既婚の筈で目の前にいる恭一は独身の男性だ。

年齢も顔も仕草も言葉使いも全く同じ他人なんか世の中にいる筈が無い。

麻里子の疑問は膨らむ一方のまま三ノ宮駅に着いた。

「私、お昼はお寿司が食べたいのですが、宜しいですか?」

「良いですよ！　この近くに知っている寿司屋があるのですよ！　そこに行きましょう」恭一が言った。

「は、はい！」

（これで例の寿寿司に行けば間違いなく豊さんだ！）

そう思いながら恭一に案内される道はまさしく寿寿司の方向だった。

「この店です！　入りましょう！　まだお昼前ですから混んでないでしょう」

率先して入る恭一の後ろで、もう目に涙が潤んで来る麻里子。

「何を食べますか？」

「私、紫蘇巻をお願いします！」

「紫蘇巻ですか？　僕も好きです！　じゃあ、紫蘇巻と上握りふたつにしましょう」

「は、はい！」

しばらくして紫蘇巻が先に届いて、食べ始めた麻里子はもう感激で涙が零れた。

「どうされましたか？」恭一は麻里子の様子に驚いて尋ねた。

「山葵が……」と誤魔化すが、そんなに山葵を付けてない様に見えた。

「美味しいですね！」

「はい！」

食事が終わると映画館に向かう二人。前回の時に比べると行列も少なく、少し並んだだけで直ぐに席に座れた。

「この前の第一作は凄い人だったのですよ！」

「そうでしたか？　続編だから今日は比較的ゆったりしていますね！」

ここでも恭一は以前二人で観た様な事は素振りにも見せずに「初めて観るけれど、結構面白かったです！」と映画が終わると言った。

だが次の言葉はあの時と全く同じだった。

「みんなが出てからゆっくり出ましょう！」

「は、はい！」嬉しくなる麻里子はいつの間にか恭一の腕を握っていた。

「また、会ってもらえますか？」耳元で恭一に囁く様に言った。

「は、はい！　喜んで！」麻里子は恭一の手を握り感触を確かめて（同じだ！）と心で呟く。

恭一は、腕を握られて自分に好意を持ったと思ったので咄嗟に言ったのだ。

「砂丘に行きたいな！」

「砂丘って鳥取ですか？　でもこれからは暑いから、秋になったら行きましょう」そう話した頃、周りに客がいなくなって二人は漸く席を立った。

（砂丘は断られた！　やはり別人？　いいえ！　絶対に同じ人！）心の葛藤が続く。


戻って駅前から恭一の車に乗ったが、以前鳥取にドライブした話は車では無かった。

思い切って尋ねると「二年前からこの車です！」と答えた。

「色は同じですか？」

「白でしたね！」

車の車種を麻里子が知っていたら直ぐに判ったが、残念ながら車の色しか記憶になかった。

麻里子の自宅に行く道順も全く知らない様で、麻里子の道案内で自宅まで着いた。今回はお互い自宅の番号を知っているので、伝言板には書かなくて良いと麻里子は安心していた。

「昔は伝言板に書きましたね！」と話を向けると「僕は使った事が無いのですよ！」と返って来た。

恭一は、不思議議な気持ちで麻里子を自宅前まで送ると「次回はお迎えに来ますすね！　それまでに何処に行くか考えます！」と言った。

「私は来週の日曜日は空いています！」

「そうですか！　それじゃ来週朝迎えに参ります！　今日は楽しかったです！」

「私もです！　二年分……」それだけ言うと麻里子は車から降りて、自宅に向かって歩いた。

恭一は若い女の子に気に入られたと思って、うきうきしながら自宅に向かった。


「ただいま！」

「おかえり！　蓬莱さんどうだった？　私達ね！　二人が出かけた後、昼ご飯迄ご馳走になったの！　仲人さんも良い方で、先方のお母さんも凄く良い人だったわ！」

「えー、気に入ったの？」

「ま、まあな！」省三が言う。

「まさかお父さんも一緒にご馳走になったの？」

「奥田さんに見つかってしまって、先方も妹さんが来ていて大笑いで盛り上がったのよ！」

「妹さんって？」

「泉薬局の若奥様よ！　お父さんと同じで偵察に来られていたのよ！」

「えー、あの奥さんが妹さんなの？」驚く麻里子。

四十四話

夜になって麻里子は久子に見合いの話を電話で伝えた。

簡単に説明をすると「嘘でしょう？　二年も前に消えた人が別人になって現れたの？」声が上ずる程の驚きだ。

「姿形は勿論、声も仕草も全く同じなのよ！　でも私の事は全く知らないのよ！　だから見合いで映画を観に行ったのよ！」

「それで？」

「反応なしで、この映画は初めて観たって言うの、でも観客が出るまで席に座っていたのも同じなのよ！」

「じゃあ、河野さん？」

「決定的に違うのは、蓬莱さんは初婚なのよ！　それと駅前の泉薬局の若奥さんは妹さんなのよ！」

「そうなの？　河野さんの事を聞きに行ったよね！」

「人違いって言われたわ！　だから私の思い込みなのかとも思うのよ！　でも……」

「麻里子は私に見て欲しいと思っているのね！」

「私的には間違い無いと思うのだけれど、色々合わないところがあるのよね！」

「彼に私との記憶が全く無い事と結婚していた事実ね！」

「蓬莱恭一って人と河野豊は親戚でもないから、赤の他人だと思うのよね！」

「いつ合わせてくれるの？」

「来週の日曜日例の喫茶店に呼ぶわ！　時間はまた連絡する！」

自分の目と勘を信じたいが、余りにも不思議な出来事で麻里子も絶対的な自信を持てない。

「麻里子！　仲人さんにお付き合いをしますと答えて良いのね！」母の里子が早朝から言った。

「勿論よ！　もう少しお付き合いをしてみなければ判らない事が多いわ！」

「そうですか！　見合い嫌いの麻里子が正反対の事を言うからお母さん怖いわ！」

「俺はあのお母さんの息子さんなら良いと思うぞ！　それに仲人さん夫婦も良い方だった！」

「お父さん気に入ったのね！」麻里子は省三が反対しない事が心強く感じた。

（これで豊さんと恭一さんが同一人物で、記憶を無くしているだけなら私も大賛成だわ）

「来週会う約束しているから、もっと性格が判ると思うわ！」

だが久子に確かめてもらわないと確信が持てないので、今自宅に来られると困ると思う麻里子。


「駅前に用事があるので、先日お見合いをした駅前の喫茶店でお待ちしています」と麻里子は自分から蓬莱の家に電話を掛けた。

美代が「先方は乗り気ね！　女の子から電話を掛けて来るって恭一！　今回は纏まるよ！　両親も良い方だったから、私の不満はありませんよ！　ただ真奈美が変な事を言うのよ！」

「何って言ったの？」

「お母さん！　心配しなくてもお兄ちゃんは麻里子さんと結婚するわ！　多分全員が反対してもね～って言うのよ！」

「真奈美は占い師か？　子供の数まで言ったか？」

「そ、その通りよ！　男の子二人って言ったわ！」

「あいつ、占いに凝りだしたのか？　自分も男の子二人って言ったな！」

「そうなの？　弟が生まれるのね！」美代は占いを信じないが良い事は信じる身勝手な信じ方だ。


日曜日一時間も早く駅前の喫茶店に来た二人。

「同席するの？」

「だって遠くから見ても判断出来ないでしょう？」

「適当に駅前で出会ったって言えば良いわ！　久子を見て反応すれば彼に間違い無いわ！」

「反応しなかったら断るの？」

「そ、それが微妙ね！　仕草も話し方も声も容姿も全く同じなのよ！　諦められる！　二年も待ったのよ！　ここで毎週の様に待ったわ！　彼でなかったら困るのよ！」半分涙声になっている麻里子。

久子はこの二年間も麻里子が毎週の様にここで来ない彼を待っていた気持ちを考えると、言葉に出来ない程苦しんだと思う。

しばらくして喫茶店に入って来た恭一。

麻里子が見知らぬ女性と一緒に座っているのを見て怪訝な表情で「こんにちは！」と言った。

麻里子は立ち上がって久子の横に座ると「私の友人の久子！　偶然駅前で会ったので紹介しようと思って……」

「あっ、初めまして蓬莱恭一と言います！」そう言って軽く会釈をした。

「わ、私は麻里子の友人で大島久子と申します！」

「ああ、貴女が大島家具のお嬢様でしたか？」

「はぁ！」

「妹からよく聞いていますよ！」

「泉薬局の若奥様が妹さんなのよ！」初めて話す様に言った麻里子。

「商店街の役をされていましたね！」

美代から写真を見せられた事があったので恭一は知っていたのだが、見合いでもしていたら今大変な事になっていると心の中で安堵した。

「私の事覚えていらっしゃるの？　二年程前ここでお会いしたのですが？」

「私と？」

「いいえ、麻里子と三人でこの場所でにんぎょ……」言おうとしたのを麻里子が膝を叩いて止めた。別の男性からプレゼントを貰った話は言わない方が良いと思った麻里子は慌てて止めたのだ。

　同じ人物だと決定的な証拠が無いので、迂闊な事を言わない方が良い。

　アイスコーヒーを飲み終わると、久子は用事があると言って気を利かせて先に店を出た。

　久子が店を出ると「世間は狭いですね！」恭一はそう言って久子の事を多少知っていたと麻里子に言った。

「今日は暑いので、涼しい場所に行きましょうか？」

「何処に連れて行ってもらえるのかしら？」

「海はまだ少し早いから、山に行きましょう」

「砂丘？」

「暑いでしょう？　砂漠のイメージですよ！」

「は、はい！」

　もっと暑い日に砂丘に行ったのに、やはり似ているだけなの？　別人？　でもこれ程似ている別人っているのかな？　今日一日観察をして決めなければ、似ているだけの人とは付き合えないと思う麻里子。

四十五話

「車新しくされたのですよね？」

麻里子は以前に乗せてもらった車の事を確かめる為に言った。

「いやーもう二年も前に買い換えました！」

「二年前なら夏ですね！」

「そうです！　事故ではなかったのですが、色々不具合が出て来たので思い切って買い替えたのですよ！　どうぞ！」助手席の扉を開いて麻里子を乗せる。


「どちら方面に？」しばらくして尋ねる麻里子
「播但連絡道を走ります！」

「えっ！」麻里子は驚く様に言った。

「どうかしましたか？」

「前にもこの道を走りませんでした？」

「走っていますよ！　何度か！」

「何方かと？」

「それは女性とドライブしたのか？　って質問ですか？」

「してないと言ったら、もてない三十男だと思われますか？」

「いいえ！私に似た様な人と……」

「えっ、村本さんに似た女性とドライブですか？　そんな関係なら既に結婚していますよ！」

「えっ！」今度は麻里子が驚いた。

（自分の事を好きだと言っているが、まだ二回目のデートでしょう？　本当は豊って名前で私と付き合っていた？）

「河野豊さんって人に心当たりはありませんか？」麻里子はいきなり尋ねた。

「河野豊さんですか？　知り合いにはいませんね！　その方が何か？」

「久子がお付き合いをしていた人なのですが、突然消えちゃったので気になって？」

「何故？　私に尋ねるのですか？」

「隣町に住んでいると聞いたらしいのですよ！」

「仕事とかは？」

「役所に勤めている様です！」

「僕の弟も役所に勤めていますよ！　一度聞いてみましょうか？」

「は、はい！」

「河野って名前の男は会社にいますが、五十歳位の人ですね！」

「多い名前ですからね！」

「それと豊って名前の同僚もいますよ！」

「そうなのですね！」

（三人合わせて、河野豊なの？　嘘みたいな偶然？）

車は播但自動車道に入って軽快に走っていた。

「次のサービスエリアで休憩して何か飲みますか？　そうだ！　マンゴージュースでしたね！あるかな？」

（覚えていた！）麻里子は嬉しくなった。

自分の事は記憶になくても、先日の事を覚えていてくれた事が嬉しかった。

（大丈夫です！　このサービスエリアにはマンゴージュースがありますよ）

「何処に行くか教えて下さい！」

「生野銀山に行こうと思っています！　今日は暑いから洞窟が涼しいですよ！」

「生野銀山は行った事がありません！」

生野銀山は大同二年（八〇七年）に銀が出たと伝えられる。室町年間の天文十一年（一五四二年）には但馬守護職・山名祐豊（すけとよ）が銀石を掘り出し、開坑の起源といわれている。
永禄十年（一五六七年）には自然銀を多く含む日本最大の鉱脈（慶寿ひ）が見つかる（銀山旧記には、〝銀の出ること土砂のごとし〟と記されている）。その後、織田信長・豊臣秀吉の直轄時代を経て、慶長五年（一六〇〇年）徳川家康は、但馬金銀山奉行を配置、佐渡金山、石見（いわみ）銀山と並び天領として徳川幕府の財政を支えてきた。

享保元年（一七一六年）には「生野代官所」が置かれ、やがて生野銀山は第八代将軍・吉宗の頃に最盛期を迎え、月産一五〇貫（約五六二kg）の銀を産出した。明治元年（一八六八年）には日本初の官営鉱山（政府直轄）となった。明治政府は近代化を推し進めるため、「お雇い外国人第一号」のフランス人技師ジャン・フランソワ・コワニエを鉱山師兼鉱学教師として雇い、コワニエが帰国するまでの十年の間に、製鉱所（精錬所）を建設し、生野に日本の近代化鉱業の模範鉱山・製鉱所の確立をめざした。

明治二十二年（一八八九年）には生野鉱山と佐渡鉱山が皇室財産に移され、宮内省御料局の所管となった。明治二十九年（一八九六年）には三菱合資会社に払い下げられ、以後、三菱の経営で国内有数の大鉱山として稼働してきたが、昭和四十八年（一九七三年）に閉山した。その間に掘り進んだ坑道の総延長は三五〇km以上、深さは八八〇mの深部にまで達しており、採掘した鉱石の種類は七十種にも及んでいる。昭和四十九年（一九七四年）に観光施設として史跡・生野銀山が開業した。


「一キロ程の観光坑道見学が出来るのですよ！　十二〜三度が一年中同じ気温で夏は涼しく、冬は少し暖かいかな？」

「蓬莱さんは何度か来られたのですか？」

「一、二度来ました！」

「デート？」と口走って、しまった！　と思う麻里子。

「はい！　お見合いのデートコースで二度程来ました！」

「私で三人目？」

「はい！　三度目の正直でしょうか？」

「えっ⁉」

麻里子はこの人は私の事を本気なのだと思ったが、豊と同一人物かどうかで悩んでいた。明日か今夜、久子の意見を聞けば自分の見方とは違った意見が聞けると思っている。これ程似ているのは双子でもあり得ない。

今日改めて会うと一層そう感じていると、急に「河野豊さんの話ですが？」

「えっ！」急に豊さんの名前を言われたので、驚く麻里子。

「もし、僕が偽名を使うなら、先程の会社の同僚と弟の役所を使わしてもらうかも知れないと思いました」

「そうですか？」麻里子は恭一さんが本当に偽名を使っていたのか？　と疑問が膨らむが確信は無い。

四十六話

「以前と少し路線が変わりましたか？」

「はい！　今年から少し高速が伸びたので早くなりましたね！　以前も走られたのですね！　デートですか？」

「は、はい！」

「もしかして相手は河野豊さんですか？」

「そ、その人は久子の彼氏だった人です！」

「怪しいな〜」と笑った時、サービスエリアに車が入った。

「私お手洗いに行って来ます！」麻里子は心臓の鼓動を感じながらトイレに向かった。

心の中を見透かされた気分で鏡を見ると、動揺が顔に表れていた。


車に戻ると「麻里子さんの好きなマンゴージュースを売っていましたよ！」と紙コップのジュースを差し出されて「な、何故？」驚いた顔で紙コップを受け取る麻里子。あの時の光景と全く同じで麻里子は二年前を思い出してしまう。

好きな色とか行きたい場所を言い当てられて驚いてしまった事を思い出す麻里子。

「嬉しそうですね！」

「あっ、ジュースが美味しくて……」と誤魔化す麻里子。

（何度見ても同じ人に見えるけれど、記憶を無くす様な事が何か起こった？　それでなければあの日の記憶が無くなる事は考えられない！）

「恭一さんは病院に入院された事あるのですか？」

「入院ですか？　病気、怪我？　あります！　交通事故でむち打ちになって入院しました！」

「いつ頃ですか？」

「三年位まえだったかな？　他には、昔子供の頃にも組体操で上から落下して一日入院したな！」

「そうなのですね！」麻里子は記憶を失う様な事故は無かったと理解した。

（ではこの目の前にいる恭一と豊は別人？　そんな筈は無いわ！　ジュースの渡し方も同じなのに……）益々わからなくなってくる。

「美味しそうに飲まれますね！」コーヒーを飲みながら麻里子の仕草を目で追っている恭一。

「だって、ここのマンゴージュースは格別なのです！」

「そんなに美味しいのですか？」

「でも、私だけだと思いますわ！」

それは、豊が買ってくれたジュースだったからで、思い出が一杯詰まっているからだった。

「マンゴージュースが好きなのですね！」この時、恭一の頭に麻里子はマンゴージュースが大好きとインプットされた。

見合いの日に頼んだ紫蘇巻もこの時に同時にインプットされて、麻里子が亡くなっても仏壇に紫蘇巻とマンゴージュースが供えられた。


「そろそろ行きましょうか？」

二人は、車に乗り込むと一路生野銀山を目指して走り始めた。市川北出口から一般道三一二号線に降りて、生野銀山を目指す。

車の中ではお互いの好きな事、スポーツの話と結構盛り上がって徐々に麻里子も豊と恭一の区別がつかなくなっていた。でも、映画の記憶も砂丘の思い出も恭一には全くない様子だ。まるで、狐か狸に化かされている様にさえ思う麻里子。


やがて車は銀山方面に右折して川沿いを登って行く。

「もう少しで、お昼ですね！　先に食事をしましょうか？　昼になると混みますからね！」

案の定、駐車場には多くの車が並んでいた。

「あそこにレストランって書いてあります！　何が美味しいのかしら？」

「ハヤシライスですよ！」

「ハヤシライス？」

「はい！　昔坑夫が食べていたらしく、それを今風にアレンジしているのですよ」

「それ面白そうですね！」麻里子は興味を持って一人で先にレストランの方に歩いていく。

少し遅れて、（何故離れて歩くのだろう？）と思いながら麻里子に追いつく。

麻里子は一緒に肩を並べて歩くのに抵抗があったのだ。

「もう沢山の人が入っていますね！」レストランの席を見て言った。

「本当ですね！」そう言いながら席を探す麻里子。

「あっ、あそこ空きましたよ！」そう言った時、恭一に腕を掴まれてどきっとした麻里子。

もう一組が空きを待っていたので、恭一は慌てて掴んだのだ。

「良かった！　座れましたね！」嬉しそうな恭一。

「何を食べましょうか？」

「蓬莱さんは？」

「勿論ハヤシライスを食べますよ！」

「じゃあ、私もそれを頂きます！」

「流石に休みで良い天気だから、沢山観光客が来ていますね！」周りを見て言う。

　しばらくすると一層人が増えて料理も中々届かない。

「昼になったので、益々混みましたね！」そう言った時に、ようやくハヤシライスがテーブルに届いた。一口食べた麻里子が「このハヤシライス美味しいわ！」と言った。

「お口に合いましたか？　良かった！」

食べ始めると無口になって、「早く食べ終えて席を譲りましょう」と言う恭一。

意外と思いやりがある人だと思う麻里子。

食事が終わると早々にレストランを出て坑道見学コースに向かい始める。

「今なら空いていますよ！　食事時ですからね！」

坑道入り口で岩肌を見上げて「観音岩って？　何処なの？」麻里子が表示を見ながら顔を横に動かして見ている。

「あそこが頭の部分かな？」指をさす恭一。

麻里子が鞄からカメラを取り出して、恭一を写している。

この前、豊さんの写真が一枚も写っていなかったので、今回はどの様になるのか気になって持って来たのだ。すると恭一が近くの観光客に写真を写して欲しいと頼んだ。二人が並んで写真を撮影してもらう事になる。

「もう少し寄って下さい！　観音岩をバックに写します！」若い男性に言われて麻里子の肩を抱き寄せる恭一に、心臓の鼓動が大きくなるのが聞こえる麻里子。

四十七話

「ありがとうございます！」写真を写してくれた人にお礼を言うと、二人は坑道に入って行く。

ちょうど昼時で坑道からは出て来る人が多く、入る人は極端に少なかった。

「今なら空いていますよ！」

入るといきなり昔の坑道の様子が再現されていて、その場所には人形が動いて当時の鉱山の様子を見学出来るエリアになっている。江戸時代の坑道は、坑内作業者一人だけがやっと通れる程のもので、岩肌にはノミの跡が今も重々しく残っていた。


坑道の案内には、『銀山隆盛の歴史を今に伝える、近代坑道・金香瀬坑。この地底に繰り広げられた偉大なる文化の跡を魅力的に演出し、ご覧頂いております。かつて多くの坑内作業者がその命を託し地中深く降りていったエレベーター立坑。そして、その巨大な捲揚ドラムのある捲揚室も圧巻。

また旧坑道では、ノミ跡も生々しい掘り跡を紹介し、江戸時代の坑内作業を電動人形で再現しています。未公開坑道まで含めますと、総延長三五〇km、地下八八〇mの深さまで達しています。これは、東海道新幹線新大阪駅から静岡駅近くまでの距離に匹敵します』とあった。

「見学の人が少なくなると不気味ですね！」麻里子は十五分程入って、人が少なくなるとそう言って恭一の傍を離れずに付いて来る。

「涼しいでしょう？」

「は、はい！」と言った時、電気がネオンサインの様に点滅し始めた。

「あれ？　どうしたのだろう？」恭一が言ったと同時に坑道の灯りが消えて、非常灯だけになった。

「きゃーー」「きゃーー」あちらこちらから悲鳴が聞こえる。

非常灯は点灯しているが、坑内が一気に暗闇に近い状態になった。

いつの間にか麻里子が恭一の腕を必死で掴んでいて「う、動かないで！」と怯えた声を発した。

「大丈夫ですよ！　直ぐに灯りが元に戻りますよ！」そう言っても抱き着いて来た麻里子。

恭一は、麻里子の顔を目の前に見て抱き寄せると、顔を引き寄せて唇を合わせた。

（あっ、これ、豊さん！　豊さんに間違いない！）一瞬で蘇る二年前の車の中の情景に戻った麻里子。

（この感触はまさにあの時と同じ！）

直ぐに灯りが点灯して、恭一は慌てて麻里子の身体から離れた。

「すみません！」謝る恭一に「ありがとう……」とぽつりと言う麻里子。

恭一が間違いなく豊かだと確信したが、何故自分の事を忘れてしまったのか？　との疑問は残った。

　その後、麻里子は安心した様子で恭一の腕に自分の腕を絡ませて仲良く坑道を見学した。この状況に恭一は、咄嗟に怯える麻里子を安心させたからだと思っていた。坑道に入る前と出て来る時の二人は明らかに違うカップルになっていた。それは麻里子にとっては、豊と恭一が同一人物だと判った安心感だった。鉱山資料館でも二人は腕を組んで歩いき、ラブラブのカップルに見えた。土産物店で恭一は、お互いの干支の銀星キーホルダーを買った。

「ありがとうございます！」

「そのネックレスの様な高価な物は、ここにはありませんね！」麻里子の首の金のネックレスを見て言う恭一。

「お気に入りなのよ！」

「誰か好きな男性に貰ったのですか？」と尋ねると麻里子は、恭一の顔を指さして微笑む。

「判りました！　またもっと高価な物をプレゼントします！」

「いいえ！　これは恭一さんに貰ったと思っています！」

「えーーそれは？　どう云う意味？」

「恭一さんには判らないのでしょうね！」いつの間にか蓬莱さんから恭一さんに呼び方が変わっていた麻里子。

自宅への土産を買うと時計を見て「もう二時を過ぎましたね！　そろそろ帰りますか？」

「えー、もう帰るのですか？」麻里子は豊と恭一が同一人物だと判って、もっと一緒にいたいと思った。

「僕ももう少しいたいのですが、夜友人が家に来るのですよ！」

急に見合いをして、すぐに二度目のデートになったので、時間の関係で急遽近場にデートに来た恭一だった。

「そうですか！　じゃあ帰りましょうか？」

帰る時も麻里子は昔の話を次々して恭一の記憶を呼び戻そうとした。

伝言板の話、映画の話、鳥取砂丘の話を次々話したが、恭一とは何一つ話が噛み合わなかった。

でも麻里子は坑道でのキスで、自分にしかわからない豊の唇の感触を恭一の中に見つけた。

それだけで充分だと思った。嬉しくて車の前方の景色が感激の涙で滲む麻里子。

時間が解決していつの日か思い出すだろうと自分に言い聞かせる。

自宅迄送ってもらった時、麻里子はもう一度キスを……と思ったが、まだ、明るかったので諦めて車を降りた

「来週の日曜日は用事があるので、土曜日とか他の日に会いましょうか？」恭一のその言葉に麻里子は大きく頷き「はい！　夏ですね、海、海に行きましょう！」と満面の笑みで答える麻里子。

疑念が晴れて、本当に豊と再会出来たと安心して、車が走り去る迄見送った。

「ただいま！」

「早かったわね！」里子が驚いて言った。

別れたのかと思って心配していたが、麻里子の顔は幸せ一杯の明るい笑顔だった。

「お姉！　手が疲れたでしょう？」誠子が二階から下りて来て言った。

「何故？　手が疲れるのよ！」

「彼の車に長い間手を振っていたからよ！」そう言って笑った。

翌日、麻里子は久子と駅前の喫茶店で会った。

「昨日も電話で話したけれど、同一人物だって言ったでしょう？」

「久子が恭一さんを見て他に豊さんだという決定的な何か無いの？　私はあったけれどね！」

「あっ、麻里子の決定的って、もしかして？」

「そう！　当たり！」

「じゃあ、間違いないじゃないのね？」

「何故記憶が無いのか？　それが判らないの！　そこの商店街の妹さんに今から聞きに行こうと思うのよ！　記憶を無くす様な何かが恭一さんにあったのではないかと思っているのよ！」

「そうね！　聞いた方が安心するわね！　麻里子の為にも真相は聞いた方が良いわ！」

それから、生野銀山のお土産を渡して、坑道が暗闇になった時の出来事まで久子に話した。

呆れて聞いている久子だが、本当に良かったと自分の事の様に喜んだ。

四十八話

「麻里子の惚気話に疲れたわ！　私もそんな恋がしてみたいわ！」久子が羨ましそうに言った。

「二年も苦しんだのよ！　こんな恋は二度とごめんだわ！」

「嘘！　顔に書いてあるわよ！　泣き虫に再会出来た喜びが……」

「そうだったわね！　いきなり私の前で泣き出したのには驚いたわ！」

「あの時、麻里子が自分のハンカチを差し出すとは思わなかったわよ！」

「咄嗟だったから、まさかその日の夕方ここで待っていたのには驚いたわ！」

「私達と別れたすぐ後に自宅で洗濯して、そこのデパートで人形を買って、私達の帰りを待っていたのよね！」

「執念？」

「亡くなった奥さんって言ったけれど、嘘だったのでしょう？　でも嘘つきには見えなかった！」

「河野豊って、結局会社の同僚の名前を足しただけらしいわ！」

「前から麻里子の事を知っていて近づく為に芝居をしたの？　そうだとしたら名演技だよね！」

二人の話は尽きないが、麻里子が恭一の事を悪く言う事は無かった。例え自分に近づく為の嘘でも今はもう関係ないと思っていた。


久子に見送られて真奈美に会う為に商店街に向かう麻里子。

泉薬局に入ると真奈美が接客をしていたので、適当に商品を見てお客さんが帰るのを待つことにした。しばらくして、「兄の事をお聞きに？」真奈美が単刀直入に尋ねた。真奈美は、河野豊と蓬莱恭一の事で、疑問を持ち必ず麻里子が自分を尋ねて来ると思っていたからだ。

「母と交代しますので、奥の応接間に上がって下さい！」

「あっ、これ欲しいと思っていました！」と手に持った歯磨きチューブを差し出した。

「ありがとうございます！」真奈美はレジを済ませると、母を呼んで交代した。

　しばらくして、お盆に冷たいお茶を載せて応接間に入って来る真奈美。

「この前いらっしゃった時、知らないと申しましたのは兄の名前では無かったからでした！　すみませんでした！」

「河野豊さんですね！」

「はい！　兄が偽名を使って伝言板で麻里子さんと交際していた事を全く知らなかったので」

　麻里子はやっぱりと云う顔をして頷いた。

「以前、麻里子さんが尋ねに来られた時、直ぐ後に兄がここに来たのですよ！」

「えっ、あの時の……」

「兄をご覧になったのですか？」

「はい！　ここからの帰り道ですれ違いました！　あの時会えていたらもっと早く再会出来ていましたね！」

「河野豊って偽名最近まで知りませんでしたので、すみません！　麻里子さんには申し訳ない事をしました！」と深々と頭を下げた。

「でも本人の恭一さんは全く河野豊さんの事を知らない様子ですが？　今日はその事をお聞き

したくて参りました」

「私の憶測ですが、兄は以前から麻里子さんの事を知っていたのだと思いますよ！　でも、なかなか切っ掛けがつかめなかったのでしょう」真奈美は以前から考えていた嘘を話した。

「そ、それで偽名を使って亡くなった奥様に私が似ていると、お芝居をされたということですか？」

「は、はい！」

「お芝居には見えませんでしたが……」

　真奈美は、ここで本当の事を話すことはできなかった。（未来から来た兄は先に亡くなられた貴女に会いに来たのよ！　だから、あなたに会えて涙が止まらなかったのよ！　交通事故での突然の別れが辛かったのよ！）とは……。

「演技が上手かったのですね！」と微笑むが目は笑っていない真奈美。

「私も兄が河野豊って名前で麻里子さんに会った事を知りませんでした！」

「でも、何故私と会った事を忘れてしまわれたのですか？　鳥取から帰って何かあったのでしょうか？　記憶を失う様な事が……」

「私はその時既に結婚して実家を出ていましたので、母に聞いたのですが……」

「教えて下さい！　な何が？」

「砂丘に行った帰り雷雨が凄かったのをご存じですよね？」

「はい！　知っています！」

「兄は麻里子さんを送った後、自宅に帰る途中でタイヤがパンクして、豪雨の中ずぶ濡れになりながらタイヤ交換をしたのです」

「えー、大変な事になっていたのですね！」

「豪雨に打たれて身体が冷え切って、深夜過ぎに肺炎の症状になり救急車で君島病院へ、そのまま緊急入院したのです！　高熱で意識朦朧となって………それが記憶を失った原因だとお医者さんも話していたそうです！　私が病院に見舞いに行った時は、意識がありませんでした！」

「………」麻里子は言葉を失っていた。

自分とドライブに行った後、その様な事が起こった事を初めて知った。

「だから兄は麻里子さんに連絡出来なかったと思います！　河野豊って偽名を使っていなければもっと早く会えていたと思いますが！」

麻里子の大きな瞳から大粒の涙が頬を伝って零れ落ちた。麻里子は涙を拭く事もせずに「良く判りました！　私が彼の記憶を取り戻す手伝いをします！」

「記憶を取り戻さなくても、今の麻里子さんの事を愛していると思いますよ！」

「ほ、本当ですか……」

「はい！　兄の奥さんは麻里子さんだけです！　どうか兄をよろしくお願いします！」

真奈美ももらい泣きで声が掠れている。

「はい！　恭一さんと一緒になります！　結婚します！　今日は本当の事を教えていただいて本当にありがとうございました！」

河野豊も蓬莱恭一も自分を愛してくれている事実は、麻里子の気持ちが完全に整理された瞬間だった。

話を終えた麻里子は、晴れ晴れとした表情で泉薬局から自宅に帰った。

家に帰ると開口一番「お母さん！　私恭一さんと結婚するわ！」と笑顔で言う。

「えー、プロポーズされたの？」

「まだ無いわ！　でも必ずされるから、決めたのよ！」

「ものすごい変わり方ね！　あの人、それ程良かったの？　まだ二回会っただけでしょう？」

「河野豊さんだから、もう二年も前から知っているのよ！　だから安心なの！」

「えー同じ人なの？　偽名を使っていたの？　大丈夫なの？」里子は次々変わる麻里子の話に戸惑う。

麻里子の部屋には現像された先日の生野銀山での二人の写真が飾られていた。

「ほら、今度は二人並んで写っているわ！」と嬉しそうに写真に呟く麻里子。

四十九話

「お兄ちゃん！　あれで良かったのよね⁉　もう戻って来ないの？」

「麻里子さんに会えたから満足した？」

「あの麻里子さんが交通事故で亡くなるって信じられないわ」

真奈美は夜空を眺めながら未来の恭一に呼び掛けていた。

「でもその話は誰にもしないわ！　勿論、今のお兄ちゃんにも絶対に言わない！　私も麻里子さんがいつ交通事故に遭遇するのかまでは教えてもらってないから絶対に言えない！」

「未来が判る程怖い事はないからね」真奈美はそう言いながら涙が溢れて星が滲んで見えていた。


真奈美はその夜、母の美代に電話で「村本麻里子さん！　お兄ちゃんの事好きらしいわ！」

「本当なの？　あんなに若い子が嫁に来てくれるって夢の様だわ！　でも、何故真奈美が判るのよ！」

「今日薬局に来たのよ！」

「何か聞きに来たの？」

「二年前お兄ちゃんが入院したでしょう？」

「肺炎になりかけた時だね！」

「鳥取の土産を持っていたでしょう？　その時一緒だった人が麻里子さんだったのよ！」

「本当に？」

「でもお兄ちゃんは高熱で記憶を無くしてしまったらしいの、だから麻里子さんの事も覚えていなかったのよ！」

「麻里子さんは二年前から恭一と付き合っていたの？」

「お兄ちゃんには何も言わなくても良いって、麻里子さんはこれから一緒になって徐々に思い出してもらうって話していたわ」

「そうだったの？　悪い事をしていたのね！　でも何故家に来てくれなかったの？」

「お兄ちゃんが偽名を使って付き合っていたのよ！」

「何故そんな事を？」

「恥ずかしかったのよ！　それで会社の人の名前を混ぜて使っていたのよ！」

「そうなの？　麻里子さんには可哀そうな事をしていたのね！」

母の美代も真奈美の説明に納得した様で、記憶の無い事には今後触れない約束をした。

二人を上手に結び付けて、話を纏めて真奈美は麻里子さんと恭一のキューピット役を果たした。

誰も二人の結婚に反対をしなかった。

省三は、一言「大学を卒業したら結婚しても良いぞ！」と言った。

麻里子の二年間の苦悩を知っていたので、とても反対する事は出来なかった。

久子も「本当に良かったね！　これで恭一さんの記憶が戻ると最高ね！」と言ったが、麻里子は「記憶が戻っても戻らなくても恭一さんは一人よ！」そう言って惚気た。

その言葉は数年前豊が言った「違います！　代わりではありませんよ！　絶対に違います！　麻里子さんは一人です！」の言葉を思い出して言ったのだ。

「麻里子は恭一さんにメロメロだわね！　私もそんな恋がしてみたいわ！　来るのは変な次男坊との見合いばかり！」

「久子は私に比べて条件が良すぎるのよ！」

「そうかなぁ！　家具屋の娘ってだけよ！」

「家はお金持ちじゃないし、私の家は嫁入り支度だけで破産だって言っているわ！」

「そうなの？」

「私も弟も大学に行っているから当然妹の誠子も行くでしょう。私のところも大変よ！　でもね、恭一さんは何も持って来なくて良いって言ってくれるのよ！」

「えー、同居するの？」

「違うわよ！　家の隣に私達の家を新築してくれるのよ！」

「えー、それってスープの冷めない距離って事！」

笑顔で頷く麻里子。

数日後、デートの帰りに恭一は麻里子に「麻里子さん！　僕は中学生の時、無二の親友に裏切られた苦い思い出があるのです！　だから僕は絶対に麻里子さんを裏切る様な事はしません！　結婚しましょう！」

プロポーズを受けて黙って頷く麻里子は恭一の唇を求めていた。


翌年、結婚式に合わせた様に実家の隣に新築の家が建った。

麻里子の大学卒業と同時に二人の挙式が行われ、神戸の結婚式場に両家の親族、友人、会社関係者が集まった。麻里子はその時、初めて恭一の会社関係者の人、河野拓海さんと中井豊さんを見た。二人を見ていると昔を思い出して、思わず笑いそうになった。

麻里子は男の子が生まれたら、一人には豊と名前を付けたいと思った。昔男の子が二人生まれると豊に聞いた気がしたからだ。

二〇二二年秋

「麻里子！　危ない！」病床で大きな声で叫ぶ恭一。

「先生！　熱が下がりません！」

「今夜が峠だろう」君島医師がうなされる恭一を診て言う。

「実家に連絡をしましょうか？」

「私が連絡をするが、誰も病室に入れる事は出来ないからな！」コロナ患者の不幸で知り合いも家族でさえも一度も恭一に会えていない。


君島医師は、恭一の自宅に電話をかけた。

「お爺さんの恭一さんですが、高熱が続いて今夜が峠だと。看取って頂けないのが残念ですが、国からの指示で致し方ありません！」

「判りました！　入院した時から覚悟はしていましたが……」息子英治の声が途切れる。

「亡くなられましたら、そのまま火葬場に遺体を搬送致します！　遺骨の状態でご遺族の元に戻されると思いますので、覚悟をしておいて下さい！」

「わかりました。テレビでも芸能人の方が亡くなられて、その様な画像を見ました！　まさか我が家も同じ様になるとは思いませんでした！　君島先生のお陰で父もここまで延命させて頂いたと感謝しています！　ありがとうございました！」

「まだ亡くなられた訳ではございませんので、亡くなられたらまたご連絡を差し上げます！」

「よろしくお願いします！」

「深夜の場合は翌朝の連絡で宜しいでしょうか？」

「はい！　それで大丈夫です！」

君島医師は不本意だが、家族に看取らせる事は出来なかった。本来なら子供、孫、兄弟を病室に呼んでお別れをさせてあげたい。二年以上続くコロナの隔離、そしてこの様なお別れに憤りを感じている。

五十話

恭一は熱にうかされながら最後の夢の中に居た。自宅から懐石料理を食べる為に料亭に向かう麻里子の姿が夢の中に現れていた。電車の中の麻里子は豊にもらったネックレスを身に着けている。

「まりこ！　麻里子！　来ては駄目だ！」叫ぶ恭一。

電車が三ノ宮の駅に滑り込む。

恭一は、麻里子に渡すプレゼントを準備して、一足先に懐石料理店に到着していた。プレゼントは、麻里子が好きなネックレスと似たデザインだが数段高級な品物だった。

麻里子は駅を降りるとデパートの花屋さんに頼んでおいた花束を受け取りに向かう。バッグの中には旅行のパンフレットが数種類入っている。

二人で食事をしながら「貴方！　お仕事ご苦労様でした！　この中から何処に旅行に行きましょうか？」

「麻里子が行きたい所なら何処からでも行こう！　子供達も結婚して俺も暇になった！　これからは麻里子に孝行するよ！」

「まあ！　嘘でも嬉しいわ！」

「嘘じゃないよ！　今日まで本当に、本当にありがとう！　これからもよろしく！」

「ありがとうは私の台詞です！　お仕事本当にお疲れ様でした！」

夢の中での楽しい会話。次の瞬間運転手が急死して制御を失った車が交差点に突っ込む。花束を持った麻里子が横断歩道を歩く姿が現われた。花束が麻里子の視界を遮って暴走車両が見えていない。

次の瞬間横断歩道には花束が散乱して、麻里子が横たわっている。

本当は鮮血が横断歩道の白線を染めていたのだが、夢の中では綺麗な顔の麻里子が花に囲まれて眠る様に横たわっていた。

「麻里子！」「麻里子！」夢も中の恭一は叫ぶが声が出ない。

周りに人混みが出来て、救急車と警察のパトカーの音が聞こえる。

「奥さん！」「奥さん！」

「大丈夫ですか！」

人々が口々に麻里子に呼び掛けるが、誰かが「即死の様ですよ！」と言う。

「麻里子‼　死ぬな！」叫んでいる恭一。


場面が変わって、警察から連絡が携帯に届いて呆然とする恭一。救急病院に駆けつける恭一が麻里子と涙の対面をしていた。

「これが奥様の遺品です！」警官が無造作に置かれた麻里子の持ち物を指さす。

旅行のパンフレットが数枚、中には血の付いた物も置かれていた。

放心状態の恭一。

遅れて子供達も駆けつけるが……

その後、葬儀場の風景に変わって、喪主の恭一は挨拶が出来ない程憔悴している。友人の久子が棺の中の麻里子を見て号泣している。

恭一の夢は目まぐるしく変わり、子供達が泣く姿に麻里子の妹の誠子が大きな声で「これからお兄さんと世界一周旅行に行くと、喜んでいたのに……」と棺に縋り付いて泣いている。

年老いた麻里子の両親は気丈に涙を見せずに見送る。

そんな中恭一が「麻里子！　一緒に行こう！」と急に言い始める。

子供達と妹の真奈美が恭一の袖を引っ張って止めようとするが「麻里子が寂しいだろう？僕は裏切る事が嫌いだ！　一緒にいてやりたい！」そう言うと振り切って麻里子の棺の中に入った。

君島病院隔離病棟の一室

「先生！　蓬莱さんがお亡くなりになりました！」看護師が静かに言った。

「五時三十五分、永眠」君島医師が小さな声で言う。

その時間は麻里子が横断歩道で亡くなった時間と同じだった。麻里子は夕方の五時三十五分、恭一が亡くなったのは朝の五時三十五分だった。

早朝、息子の英治に「今朝五時三十五分にお父様の恭一さんが息を引き取られました。ご冥福をお祈り致します」君島医師が静かな声で伝えた。

「お世話になりました」

「身の回りの物は一応焼却処分になるのですが、ベッドの枕の下に大学ノートが挟んであったのですが……」

「大学ノートですか?」

「はい！　それも黄色く変色した相当古い物だと思われます」

「何が書かれてあるのですか?」

「それが読めない文章が沢山書かれているのですが、最後に大きな文字で麻里子！　ありがとう！　一緒に行こう！　と、それだけは読めるのです」

「薬局をしている叔母が親父の事はよく知っていますので、ノートの事は一応聞いてみます！」

「そうですね！　大事な事が書かれていたら処分してしまうと大変ですからね！　午前中までに連絡頂けますか?」

英治は直ぐに真奈美の家に電話をかけた。

「親父、今朝五時三十五分に亡くなったよ！」

「そ、そうなの……」と言いながらふと思い出した。

「その時間ってお母さんが事故で亡くなった時間と同じよ！　朝夕の違いはあるけれど！」

「そ、そうだね！　母は即死だったから……」言葉に詰まる英治。

大学ノートの話をすると、今度は真奈美の言葉が詰まった。

「時空の記録ね！」ぽつりと言う真奈美。

「何ですかそれは？　読めない文字が沢山並んでいるみたいで、唯、最後に大きな文字で麻里子ありがとう！　一緒に行こう！　と書いてあると！」

「貴方のお父さんは病院に入院中に、時空を飛んでお母さんに会いに行ったのかも知れないわね！　初めて会ったお母さんと楽しく過ごしたのだと思うわ！　ノートは棺に入れてあの世に持って行かせてあげて……」

「何ですか？　親父はベッドで昔の夢を見ていたって話ですか？」

「そうね！　夢かも知れないわね！　貴方のお父さんはお母さんが急に交通事故で亡くなった事を、自分の責任の様に感じていたから、それが心残りだったのでしょう。同じ日に仕事と妻を同時に失った苦しみを絶えず……」真奈美は言葉が最後まで出せなかった。

「それで夢の中で母に会いに行ったのですか？　ロマンのある話ですね！」驚き感動する英治。

真奈美はそれ以上の事を英治には話さなかった。本当の話をしても絶対に信じてもらえないと思ったからだった。

恭一がタイムスリップをして、麻里子の目の前に現れなかったら二人の出会いも無かったのかもしれない。

大学ノートと恭一の亡骸は火葬場に送られ荼毘に付された。

その後、遺骨だけが蓬萊家に戻され、寂しい葬儀となった……

仏壇の遺骨の前には、麻里子がお気に入りだった生野銀山で写した仲の良い楽しそうな二人の写真が飾られていた。

完

二〇二三、〇五、十一

杉山　実（すぎやま みのる）

兵庫県在住。

著書

朝霧（2015年）
縁結（2015年）
舞い降りた夢（2016年）
居酒屋の親父（2016年）
紫陽花（2017年）
汚された宝石（2019年）
夜の蛾（2020年）
春霞（2020年）
コロナ感染殺人事件（2021年）
甘い城（2022年）
今耳に風が囁く（2015年）
瞬きの偶然（2016年）
幻栄（2016年）
神々の悪戯（2016年）
偶然の誘い（2018年）
酔狂（2019年　風詠社発刊）
遠い記憶（2020年）
春の滴（2020年）
天空の城殺人事件（2022年）

この物語はフィクションであり、実在の人物・団体とは一切関係ありません。

時を飛ぶ

2023年8月26日　発行

著　者　杉山　実
発行所　学術研究出版
〒670-0933　兵庫県姫路市平野町62
［販売］Tel.079(280)2727　Fax.079(244)1482
［制作］Tel.079(222)5372
https://arpub.jp
印刷所　小野高速印刷株式会社

ISBN978-4-911008-17-1

乱丁本・落丁本は送料小社負担でお取り換えいたします。